えっち」
大和綾女
やまとあやめ

「――こっちの台詞だ」
美空翔子
みそらしょうご

「まだ終わりじゃないよ」
篠塚達揮
しのつかたつき

視界に映るのは、惨状だった。
手前のローテーブルの上で転がるコップ。
中に注がれていただろう飲料は
テーブルを水浸しにし、
更には縁から零れ落ちて、
純白のカーペットに茶色い染みを作っていた。
全員が彫刻のように固まって動かない。
唯一、紫髪の少女だけが、平然とした顔で告げた。
小倉花哩
こくらはなり
ラーラ＝セヴァリー

# 浮遊島の眠れるエース、士官学校生活を満喫する

SLEEPING ACE OF THE FLOATING ISLANDS, ENJOYS CADET SCHOOL LIFE

坂石遊 作
ILLUST 中村エイト

CONTENTS

SLEEPING ACE OF THE FLOATING ISLANDS, ENJOYS CADET SCHOOL LIFE

# 序章

SLEEPING ACE OF THE
FLOATING ISLANDS,
ENJOYS CADET
SCHOOL LIFE

「敵影、発見！」

宙を飛翔《ひしょう》する女性が、付近にいる仲間たちへ報告した。

眼前から迫り来るのは巨大な化《ば》け物《もの》。細長い胴体を雲間に潜《ひそ》めながら、その化け物はうねるように接近してくる。白い外套《がいとう》をはためかせる女性は恐怖を押し殺し、目の前の光景を直視した。

「百足《ムカデ》型《タイプ・センティピード》のＥＭＩＴＳ《エミッツ》です！」

「百足にしてはでかいな……散開せよ！　あの巨体だ、固まっていれば一掃《いっそう》されるぞ！」

指揮官の男が素早く部下たちに向かって叫んだ。

高度四〇〇〇メートル。雲以外の遮蔽物《しゃへいぶつ》が一切ない空の上で、人々と化け物は対峙《たいじ》する。

身に纏《まと》う外套の効果により、空を飛ぶことが許された彼らは、その恩恵を受ける代わりに空に現れる化け物との戦いを義務づけられていた。

戦士たちの数は二十人。一斉掃射《いっせいそうしゃ》により絶え間なく銃声が響き、その度に光の弾が化け物の身体を穿《うが》った。

それでも、化け物の動きが止まることはない。

「くそっ！　この連戦で武器の消耗が激しい！」

「持ちこたえろ！　今、こちらに金轟《こんごう》が向かっている！」

男が活を入れると、周囲で戦っている仲間たちの顔に希望が灯《とも》された。

「おお、あの金轟が……ッ！」

「良かった……あの英雄が来てくれるなら、私たちも助かる……っ！」

安堵《あんど》に胸を撫《な》で下《お》ろす仲間たち。

その隙《すき》を突くかのように、百足の化け物は身体をうねらせ、鋭く足を振り回した。

仲間が切り裂かれる寸前——指揮官の男の銃から光弾が放たれ、化け物の爪が弾かれる。

「気を抜くな！」

男が一喝《いっかつ》する。

「我々の役目は、この化け物の侵攻を食い止めることだ！　なんとしても地上を守れ！」

仲間たちが散開し、化け物の気を引き続ける。

（戦力が足りない……ッ!!）

熾烈《しれつ》な戦いの最中、指揮官は不利な現状を見抜くと同時に、その理由に思い至った。

（人材が……いや、雑兵が増えたところで、この戦況は変わらん……）

目の前の戦いだけではない。

人類と化け物の戦いは世界各地の空で、幾度《いくど》となく行われている。その全てにおいて、共通して言えることが——致命的な戦力不足だ。

（英雄が欲しい……）

必要なのは量ではなく質。一騎当千《いっきとうせん》の力を持つ特殊な人間。即《すなわ》ち——。

（この空には――エースが必要だ）

銃を構え、光の弾丸を放つ。

他力本願かもしれない。それでも、無力な人々は願うしかない。

新たなエースの来訪。それは、化け物たちと戦う空の人々が、何よりも求めていることだった。

# 第一章　空の便り

SLEEPING ACE OF THE
FLOATING ISLANDS,
ENJOYS CADET
SCHOOL LIFE

「え……退学ですか？」

夕焼けの光が差し込む生徒指導室にて。

美空翔子《みそらしょうご》は、対面に座る男性教師の言葉に思わず訊《き》き返《かえ》した。

「ああ。君は陸上部のスポーツ推薦でうちの高校に入学しただろう？　でも足の怪我《けが》で退部したから、これからは学費免除の対象外になる」

簡潔に退学の理由を伝えられ、翔子は押し黙る。

「この半年、なんとか庇《かば》っていたけど、これ以上は厳しいみたいだ。今からでも学費を払うことができれば問題ないんだが……」

「……すみません。それは難しいです」

母子家庭で学費を稼ぐことが難しい。だからこそのスポーツ推薦だった。しかしそれも無効になった今、どうしようもなかった。

一礼して部屋を出る。

「……はぁ」

溜息《ためいき》を吐《つ》きながら廊下を歩いていると、いきなり目の前に二人の男女が現れた。

「よお、翔子」

「翔子君」

ツンツンに立った金髪の少年と、短いポニーテールの少女がそれぞれ翔子を呼ぶ。

二人の顔を見ると、肩の力が抜けた。

「明社《あきと》に、沙織《さおり》か」

拾澤《とうざわ》明社と、薙森《なぎもり》沙織。この二人は翔子の幼馴染《おさななじ》みだった。小学生の頃から、高校一年生である今に至るまで、翔子はこの二人と共に日々を過ごしていた。

「さっき生徒指導室に呼ばれていただろ。何かあったのか？」

「ああ。退学が決定した」

「……マジ？」

淡々と告げる翔子に、明社は目を丸くした。

「……そっか。まあ、ずっと前から、こうなるかもって話はしていたもんね……」

沙織は視線を下げて言う。

こうなることは以前から予想していた。だから二人とも、翔子が生徒指導室に呼ばれたと聞いて嫌な予感がし、こうして出迎えにきてくれたのだろう。

「あーあ、これで翔子の無気力な顔も見納めかー」

「みたいだな」

死んだ魚のような目で翔子は頷《うなず》く。

翔子はこの二人以外からもよく無気力と言われていた。眠そうな瞳に曲がった背筋、髪は整えておらず、覇気を感じない佇《たたず》まい。感情が読みにくいとも言われることがある。

「まあ、なんとかなるだろ」

「……翔子って、名前のわりに男らしいところがあるよな」

「名前は余計だ」

翔子と書いてしょうごと読む。

どうしてこんな名前になったかと言うと、両親が、どこまでも自由に飛んでいけるような子になってほしいという願いを込めたからである。

できれば意味だけでなく性別も考慮してほしかった。

おかげで翔子はよく女性と間違われる。特に書類などで名前だけ先に伝え、その後に直接会うようなことがあれば「え!? 男だったの!?」と頻繁に驚かれる。

「沙織。陸上部の方はどうだ？」

自分が去った後の部活について、少し気になった翔子は沙織に訊いた。

「おかげ様で大混乱。次期エースは誰になるか、皆で毎日話し合ってる」

「そうか……大変そうだな」

「本当にね。……翔子君がいなくなったせいだけど」

溜息を吐いた沙織が翔子を睨《にら》む。

「でもよ、部活辞めたわりには未練なさそうだよな、翔子？」

「怪我だからな。どうしようもない」

「そんなこと言って……元からあまり、気合入ってなかったじゃん」

「性分だ」

元々、何か目的があったわけではない。学費免除があるから飛びついただけだ。走ることは得意だし大好きでもあったが、勝ち負けには執着していなかった。

エースという肩書も、勝手に押し付けられただけのものだ。

好きだからひたすら走っていて、気がついたら周りが勝手に担いできた。

「あーあ、私も辞めようかなぁ、部活」

「別に沙織が辞める必要はないだろ」

「必要はないけど、理由はあるって言うか……」

ちらちらと視線を寄越してくる沙織に、翔子は首を傾《かし》げた。

その様子に、明社がニヤリとする。

「あるんだよな、理由。それも立派な。……おい聞けよ翔子、実はな、そもそも沙織が陸上部に入ったのって、単に翔子と一緒にいたいから――」

「わあああああああ!?　ななな何言ってるのかなぁぁぁあっ!?」

沙織が慌ただしく明社の口を塞いだ。

明社はケラケラと笑う。

「翔子は、退学したらやっぱり働くのか？」

「多分そうなる。……面倒臭いが仕方ない」

時は二月中旬。高校に入学して、漸《ようや》く一年が経過すると思った矢先のことだった。しかし学校を辞めるには、丁度いい時期かもしれない。不幸中の幸いだ。

「……よし！　二人とも！　今から秘密基地に行こうぜ！」

唐突に明社が告げる。

「い、いきなりどうしたの、明社君。秘密基地って……あの、山の上にある廃ビルだよね？」

「おう。俺たち三人がこうやって集まれるのも、難しくなるかもしれねぇだろ？　翔子が退学する前に、思い出作りしておこうぜ！」

「思い出作りをするのはいいけど……私たち、もう高校生だよ？　なのにあんな物騒な場所に行くなんて……」

「でもあそこなら、少なくとも翔子は元気になるだろ」

明社の言葉に、沙織が口を噤《つぐ》む。

かつて三人で、よく通っていた秘密基地がある。その秘密基地を誰よりも気に入っていたのは翔子だった。

「……行くか」

翔子の返答に、明社は満面の笑みを浮かべ、歩幅を大きくした。

しかしその途中、何かに気づいた様子で振り返る。

「今日は警報、鳴ってねぇよな？」

「うん。まだ一度も聞いてないよ」

今日一日のことを思い出しながら沙織は答えた。

靴を履き替えた翔子は外に出て、夕焼けに染まった空を仰ぎ見る。

「……昔の飛行機は、もっと高く飛んでいたらしいな」

広々とした空を眺めながら呟《つぶや》く翔子に、沙織と明社も反応する。

「五〇〇〇メートルくらいかな？」

「んなアホな。高すぎだろ」

◆

半世紀前。この世界の空は、人々に恵みと災いを齎《もたら》した。

エーテル粒子。その特殊な素粒子は、空が与えた恵みである。

一定以上の高度、人類が空と認識する領域にのみ存在するその素粒子は、人類がこれまで研鑽《けんさん》してきた科学技術と組み合わせることで、魔法のような現象を実現可能にした。この粒子の可能性は半世紀経った今でも未知数だが、人類とその文明のさらなる進化に貢献《こうけん》することは想像に難《かた》くない。人類は喜々としてエーテル粒子を受け入れた。

　しかし、空は同時に災いも齎した。

　災いの名はＥＭＩＴＳ《エミッツ》と言う。突如空から出現し、人類を見境なく滅ぼさんとする、異《い》形《ぎょう》の化《ば》け物《もの》だ。化け物は半世紀前から今に至るまで、絶えず人類に猛威《もうい》を振るっている。

　二つの存在は人類に様々な変化を齎した。特に後者は人類の活動範囲を大きく削り、例えば人類は飛行機という交通手段を殆《ほとん》ど失う羽目になった。

　だが——半世紀も経てば、人は適応する。

　人類はＥＭＩＴＳ《エミッツ》への対策を立て、ある程度の平穏を奪還することに成功した。具体的には空中に対ＥＭＩＴＳ《エミッツ》用の巨大要塞《きょだいようさい》を浮かべることで、ＥＭＩＴＳ《エミッツ》の被害が人類の生活圏に及ばないようにしたのだ。ＥＭＩＴＳ《エミッツ》の身体はエーテル粒子で構成されているため、エーテル粒子と同じく一定以上の高度でないと存在を保てない。だから要塞は空中に浮いており、そのためＥＭＩＴＳ《エミッツ》が地上まで下りてくるのは稀《まれ》だった。

　地上に生きる人間にとって、空の上での出来事は最早《もはや》他人事《ひとごと》に近い。

　地上には存在しない、空のみに存在する魔法と化け物。今を生きることに精一杯な地上の人間たちに、それらを気にする余裕はないのかもしれない。

　それは——翔子たちも同じだった。

「お、見えてきたぞ」

学校を出てから一時間以上が経過した。

ひたすら山道を歩いていると、明社が楽しそうな声をあげる。

ＥＭＩＴＳ《エミッツ》の出現は、エーテル粒子が発見されてから暫《しばら》く経った後だった。

つまりこの世界には、エーテル粒子を知り、ＥＭＩＴＳ《エミッツ》を知らない時代があった。空から与えられるものが恵みだけだと思っていた当時の人々は、粒子を研究するために数多くの研究施設を設立した。空の粒子を研究するのだから、当然、その構造物はどれも背が高くなった。

だが、ＥＭＩＴＳ《エミッツ》という化け物が公になった時、それらの施設はガラクタと化した。通常、空でしか活動できないＥＭＩＴＳ《エミッツ》も、ごく稀に地上付近へ到達する。比較的空に近いビルや施設はＥＭＩＴＳ《エミッツ》の襲撃を恐れ、次々と解体されていった。

翔子たちが小学生の頃に見つけた秘密基地は、その生き残りである。

「さぁて。登るか…っ！」

街の端にある山に建てられた研究施設。その外観は、人が空に手を伸ばすかの如《ごと》く、細く長い。その構造物は眼下のダムを見下ろすように、山の頂に鎮座《ちんざ》していた。剝《む》き出《だ》しの鉄骨に剝がれ落ちた塗料。壁や床の至る所で、錆《さ》びついた金属が顔を覗《のぞ》かせている。

明社が意気揚々と階段に足を掛け、次いで翔子も上り始めた。

「翔子君……足、大丈夫？」

「ああ。走らなければ痛むこともない」

錆だらけの手摺《てすり》を握り締め、三人は基地の屋上へと向かった。

「到着！」

最初に屋上にたどり着いた明社が、汗を拭いながら笑う。すぐに翔子も屋上に到着した。

「……この景色、久しぶりだな」

既に夕焼けに染まった空を仰ぎ見て、翔子は満足気に言った。その背後では、漸く階段を上り終えた沙織が、大量の汗を垂らし、肩で息をしていた。

「なんで……中学の頃は、簡単に、上れてたのに……」

「太ったんじゃね？」

「ち、違うもん！」

頬《ほお》を膨らませる沙織に、ケラケラと笑う明社。その二人とは少し離れたところで、翔子は指一つ動かすことなく、ただ静かに空を眺め続ける。

「どうだ、気分は？」

明社が翔子に問う。

「お陰様で、少し元気が出た気がする。ありがとな」

「いいってことよ」

なんだかんだ言って、明社もこの場に来たかったのだろう。暇潰しにしては些《いささ》か手間が掛かりすぎるが、偶《たま》にはこうして、非日常感を味わうのも悪くない。

「しかし、何でここは、こんなに落ち着くんだろうな」

屋上の縁に立てられた鉄柵に、両手を載せながら、翔子は呟いた。

「空が近いからじゃねぇの？」

「空？」

「翔子君、高いところに上って、空を見るの大好きじゃん」

明社と沙織の言葉に、翔子は目を丸くした。

「……そうか？」

「観覧車のてっぺんで、空ばっかり見るのはお前くらいのもんだって」

明社が笑って言う。二人はその後も次々と、翔子に対する印象を口にした。

「学校にいる時は、いつも屋上にいるしね」

「屋上にいても、ぼーっと空を眺めてるだけだしなぁ」

「小さい時は木登りばかりしてなかった？　あの頃から高いところが好きだったよね」

「そう言えば翔子って、小学生の頃、将来の夢はパイロットって言ってなかったか？」

「あ、言ってた言ってた。でも、おじさんが猛反対したんだっけ。それで翔子君、すっかり拗《す》ねちゃって……ふふ、あの時の翔子君はまだ可愛《かわい》かったなぁ」

懐かしむ沙織。しかし翔子はイマイチ彼らに共感できずにいた。

「……もしかして、全部覚えてない？」

沙織の問いに、翔子は謝った。

「悪い、さっぱりだ。……ここ暫くはずっと走っていたからな」

「うーん、まあ確かに、陸上部でエースに選ばれてからは忙しかったもんね」

沙織の言葉に頷く。

「……なあ翔子。ぶっちゃけ学校はともかく、部活は辞めて正解だったんじゃねぇの」

「なんで？」

「だって、ここ最近、全然楽しそうに走ってなかっただろ？」

明社の問いに、翔子は考えながら答える。

「……最初は楽しかったんだけどな」

眼下の町並みを眺めながら、翔子が答える。

「元々、なりたくてなったエースじゃない。急に部の責任を背負わされるし、好きなように走れなくなったし。……そうだな。正直、エースと呼ばれてからは楽しくなかった」

「翔子はマイペースだからなぁ。基本的に、勝ち負けには興味ねぇし」

怪我をする前。翔子は、陸上部のエースだった。

けれど、その称号で呼ばれたところで、一度も嬉《うれ》しいと思ったことはない。

正直なところ、重たいと感じていた。エースという勝手に与えられた称号は、自分には相応《ふさわ》しくない。なにせ自分には、それを手にしようという欲がなかったのだ。ただ好きだから走っているだけなのに、周りはそれを美徳のように褒《ほ》め称《たた》える。

意味が分からなかった。自分は走ることさえできればそれだけで満足するのに。姿勢も呼吸法も何も知らない。テクニックなんて考えたことがない。そんな自分が人の上に立って何を教えられる。エースになるべき人は、一生懸命汗水を垂らして、様々な技術を取り入れようと努力する人だ。淡々と自己満足のためだけに走っている自分は、注目されるべきではない。

「……でも、いざ辞めるとなると、やっぱり少しだけ寂しい気もする」

走ることは好きだったが、それはいつしか苦痛に変わっていた。そして遂《つい》には走ることすらできなくなった。……心にぽっかりと穴が空いた気分だ。今の自分には何もない。

(空、か……)

あまり自覚はなかったが、言われてみればいつも空ばかり見ているような気がする。

子供の頃の夢はパイロットだったらしい。今からその情熱を取り戻すのは難しいが、似たような職業は他にもある。例えば天文学者や航空管制官などだ。

(空を楽しむ方法……なんて、あればいいのにな)

頭上を仰ぎ見ながら、曖昧《あいまい》な感情を抱く。

次の瞬間——甲高《かんだか》いサイレンが鳴り響いた。

「警報っ!?」

「は、はやく、下りないとっ!!」

明社と沙織が焦燥《しょうそう》を露《あらわ》にする。

耳を劈《つんざ》く警報が鳴り続ける。EMITS《エミッツ》が近くに出現したのだ。

ここは標高が高い。万が一の事態が起こり得る。

慌てて避難しようとしたその時——暴風が吹き荒れた。

「きゃっ!?」

階段を下りようとした沙織が体勢を崩し、床に倒れた。

明社と翔子も立っていられず両手と両足を床につける。

目の前の空が変貌《へんぼう》を遂げた。腹の奥底に響く、重低音が大気を伝う。ガラガラと、雷鳴にも似た音だった。その正体を知る由《よし》もないのに、どうしてか、人間の——生物としての本能が訴える。これは自分たちとは完全に別種の、巨大な化け物の咆哮《ほうこう》だ。

「EMITS《エミッツ》……!!」

震えた声で明社が戦慄《せんりつ》する。

真っ黒の、細長い化け物が雲間から姿を現す。白い雲を横切り、その合間から胴を覗かせる光景は、屏風《びょうぶ》に描かれた龍《りゅう》を彷彿《ほうふつ》とさせた。しかしその化け物の胴体からは、夥《おびただ》しい数の節くれ立った足が伸びている。そして頭と思しき先端には、巨大な鋏《はさみ》のような口があった。龍ではない。百足型《タイプ・センティピード》のEMITS《エミッツ》だ。

「あ、いや……っ!?」

EMITS《エミッツ》が急降下し、沙織の頭上から迫る。だが沙織は恐怖で一歩も動けなかった。

その身体を——翔子が間一髪で押す。

「……え？」

押し飛ばされた沙織は、目を丸くしていた。

次の瞬間、翔子の頭上に百足の頭部が迫る。

「翔子ッ！」

「翔子君ッ！」

百足の頭部が、翔子の立っていた場所に直撃する。激しい震動と共に、床に大量の亀裂《きれつ》が走った。廃ビルの片隅が、まるで豆腐が切り崩されるかのように崩壊する。

目も開けられない風圧によって、翔子の身体は宙へ投げ出された。

「——ぁ」

足の裏から、あらゆる感覚が消え去る。刹那《せつな》、背後で激しく響いていた崩落の音も、巨大な百足の鳴き声も、何故《なぜ》か一切聞こえなくなった。

無重力感が全身を支配する。数秒後、自分は落下死するのだろうと確信する。だが——。

（……思い出した）

目の前に広がる無限の空を見て、これこそが自分の求めていたものだと思い出す。

昔。父と遊園地に行った時、初めて乗ったジェットコースターに興味津々《きょうみしんしん》だった。あの無重力感が、あの突き抜けるような速さが、幼い翔子に感動の嵐を巻き起こした。

観覧車も大好きだった。自分の目線が高くなっていくその不思議な現象が、この上なく楽しかった。父に強請《ねだ》り、外が暗くなるまで何度も何度も乗った記憶がある。

父は言った。——翔子は本当に、空が好きなんだな、と。

「は、ははっ」

木登りが大好きだった。けれど本当に好きなのは登り切った後に見える景色だった。一体何度、そこから飛び下りようと思ったたか。足がどうなってもいい。身体が壊れてもいい。ただ純粋に、飛べるかもしれないという可能性に夢を見て。

学校の屋上が大好きだった。よく勝手に忍び込んでは、フェンスをよじ登って校庭を見下ろしていた。どれだけ偶然を装って、落ちてみようと思ったたか。

ジェットコースターが大好きだった。レールから脱線しないかと、いつも期待していた。

観覧車が大好きだった。父親がいなかったら、扉を無理矢理開けていたかもしれない。

馬鹿げている。

狂っている。

どうやら子供の頃の自分は、相当おかしかったらしい。

けれど、全て真実だ。子供の頃の、純粋無垢《じゅんすいむく》ゆえの無茶な願望だ。今はそんなこと思いもしないが……原点は、間違いなくそこにあった。

――もしも、この空を自由に飛び回れたら。

幼稚な願望が蘇《よみがえ》る。同時に激しく後悔する。どうして今、思い出してしまったのか。あと少しで自分は死ぬというのに。もうその願いは叶《かな》わないというのに。

風に包まれ落下する最中、翔子は眼前の空に腕を伸ばし、宝物を摑《つか》むかのように優しく掌《てのひら》を閉じようとした。

何も摑めない筈《はず》の、その掌は――温かな何かを摑んだ。

「――大丈夫？」

足は地に触れていない。

身体は未だ風に包まれている。

だというのに、落下が止《や》んだ。

伸ばした掌は、自分以外の、誰かの掌を摑んでいた。その事実を混乱しながら受け入れた翔子は、真正面でこちらに手を差し伸べている、一人の少女と目が合う。

美しい女性だった。長い黒髪にスレンダーな体軀《たいく》。整った目鼻立ちからは彼女の品格が伝わる。堂々として凛《りん》とした、気高い立ち居振る舞い。見れば見るほど魅了されそうになる。身に纏《まと》っているのは、空よりも青い蒼色《あおいろ》の外套《がいとう》だ。

そして、その少女は——空を飛んでいた。

「特務自衛隊です。これより貴方《あなた》を保護します」

特務自衛隊。それはＥＭＩＴＳ《エミッツ》を討伐《とうばつ》するための、空飛ぶ戦士たち。

「摑まって」

少女の背中に摑まる。すぐ傍《そば》を他の自衛官たちが飛翔《ひしょう》していた。

遠方から銃声が響く。同時に、百足の巨体に灰色の砲撃が直撃した。空を自由に駆ける特務自衛隊は、エーテル粒子を利用した特殊な武器でＥＭＩＴＳ《エミッツ》と戦う。

目の前で、灰色の砲撃が百足を穿《うが》った。

幾重《いくえ》にも銃声が連なる。その直後、百足が全身を縮こまらせた。

「いけない」

翔子を背負う少女が急旋回した。次の瞬間、百足の足が伸び、周囲の自衛官へと放たれる。鋭く伸ばされた鉤爪《かぎづめ》のような足を、少女は紙一重で回避した。

『隊長！　狙われています！』

「分かってる」

耳元から聞こえる無線の声に、少女は応える。

百足の攻撃はまだ終わっていない。百足は伸びた足を鞭《むち》のように撓《しな》らせ、大気を引き裂きながら迫った。丸太のように大きな足が、眼前に迫る。

迫る凶器を少女は避け続けた。無駄のない最小限の飛行は、舞いを彷彿《ほうふつ》とさせるような優雅さがある。背中に乗った翔子は、その様を、誰よりも近くで見ることができた。

人は、こんなにも自由に空を飛べるのか。

空は人を束縛しない。前後左右は勿論《もちろん》、上下にも、無限に世界が広がっている。床という床がなく、壁という壁もない。この世で唯一、何にも束縛されない空間かもしれない。

『隊長、援護します！』

「大丈夫。……私の眼を信じて」

そう言って少女は口を閉じた。無線を切断し、百足の巨軀《きょく》を冷静に捉える。

百足が再び足を撓らせた。四方から、節くれだった足が襲いかかる。

「これから、一瞬だけＥＭＩＴＳ《エミッツ》に接近する」

少女は落ち着いた声音で語りかけた。

「少し怖いかもしれないから、できれば目を閉じて――」

「――あっちの方」

殆ど無意識に、翔子は言葉を発した。

もしこの空を、自分で飛ぶことができたら――その想いが道を示した。

「右へ回り込んでから、急降下して、それから反時計回りに旋回すれば……」

向かって右の方を指さしながら翔子が言う。何を口走っているのか分からない。感覚的に理解しているコレが。この眼が捉えている不可視の道が、何であるのか分からない。

(俺は、何を言って……)

自分の発言に自分で驚く。しかし、視える。何故か分かる。

そんな翔子の独り言を聞いて、少女は微笑した。

「貴方も、視えるのね」

「え？」

「アミラが知ったら泣いちゃいそう」

僅《わず》かに笑みを浮かべた少女は、身体を右に揺らした。

少女の身体は迫り来る鞭《むち》を避けると同時に、素早く時計回りに飛翔した。二本目の足を、急降下することで避け、そのまま反時計回りに旋回する。

偶然か必然か。その軌跡《きせき》は、翔子が見据えていたものと全く同じだった。

だが百足の猛攻は止まらない。横合いから、黒い鎌のような足が肉薄した。

「当たる……っ！」

「大丈夫」

焦燥する翔子に、少女は短く告げる。

鎌が翔子たちを切断する直前、少女は——何もない空中を蹴った。一瞬だけ、少女の足元に金色の燐光《りんこう》が現れる。宙を蹴った少女の身体は、鋭くターンし、更に加速した。

（……凄《すご》い）

縦横無尽《じゅうおうむじん》に空を駆ける少女に、思わず場違いな考えを抱く。

（俺も、こんな風に空を――）

危機感よりも憧憬《しょうけい》が勝る。久しく感じていなかった高揚感《こうようかん》が胸中から溢《あふ》れ出《で》る。

その時、少女が銃を取り出し、EMITS《エミッツ》に向ける。銃口に金色の燐光が収束した。

「――さよなら」

金色の球体が、百足の頭上より降ってきた。小型の太陽のように煌々《こうこう》と輝くその閃光《せんこう》は一気に膨れ上がり、百足の頭部から腹部までを削り取る。

百足の動きが停止し、サラサラと黒い粒子と化して霧散した。

「お疲れ様」

少女は緩やかに空を滑り、半壊した廃ビルの屋上を目指した。ビルは翔子が立っていた部分だけが削り取られており、まだそこに屹立《きつりつ》しているが、この分だと倒壊も時間の問題だろう。

脅威が去った後の空は、一層広く、自由に感じた。夕焼けによって橙《だいだいいろ》色に染まる空が視界を埋め尽くす。全身がこの空に包まれているのだと強く実感できる。

「あっ」

少女が廃ビルの屋上に降り立つと同時に、つい名残惜《なごりお》しく声を漏らしてしまった。

彼女の背中に強くしがみついていた翔子は、気まずそうに視線をそらす。

「貴方、空は好き?」

唐突に少女が問いかける。翔子は狼狽《うろた》えながらも答えた。

「……はい」

肯定すると、少女は微笑《ほほえ》み、外套の内ポケットから一枚の封筒を取り出した。

「なら、これをあげる」

手渡された封筒を受け取り、それを裏返してみる。表に記されていた文字を読み、翔子は封筒の中身を悟った。

「これは……何故、俺に?」

「貴方みたいな人を探していたの」

少女は、美しく、唇で弧を描いて言った。

「私と同じ。ただ純粋に、この空が好きな人」

◆

推薦状
この者を、天防学院《てんぼうがくいん》高等部、自衛科に推薦する。

特務自衛隊の少女から受け取った封筒の中身を読んで、翔子は吐息を零《こぼ》した。

「……参ったな」

秘密基地でＥＭＩＴＳ《エミッツ》に襲われてから、数時間が経過した。

翔子たち三人は、あのような廃墟《はいきょ》に足を運んだことを、ＥＭＩＴＳ《エミッツ》の討伐に来た特務自衛官にこっ酷《ぴど》く叱《しか》られた。だが今回のケースは、警報が鳴ってから避難するまでの時間があまりに短すぎるのではないかという指摘もあり、責任は有耶無耶《うやむや》になっている。

いずれにせよ、あの廃ビルの半壊については、この街のちょっとしたニュースになりそうな気配だ。もしかすると近々、地元の報道局が取材に来るかもしれない。

しかし翔子は今、それ以上に重大な案件を抱えていた。

明社、沙織と別れ、一人帰路に就いた翔子は、ゆっくりとした足取りで歩きながら、抱えている案件について頭を悩ませる。

「……浮遊島か」

それは文字通り、宙に浮く島だ。日本は二つの浮遊島を所有しており、日本海上空にある浮遊島は出雲《いずも》、西太平洋上空にある浮遊島は常盤《ときわ》と呼ばれている。

浮遊島は日本で唯一、エーテル粒子の利用を許可された先進技術実用特区だ。

浮遊島を浮かせているのも、このエーテル粒子を用いた技術である。そして、島を浮かすことができるというのだから、当然、人を浮かせることもできる。

浮遊島で暮らす人々は、自由に空を飛行しているらしい。

（これだけなら、誰でも浮遊島に行きたがるんだろうけど……）

現在、この世界の空には、エーテル粒子だけでなくＥＭＩＴＳ《エミッツ》も存在する。

そもそも浮遊島は、エーテル粒子の実用特区であると同時に、ＥＭＩＴＳ《エミッツ》を迎撃するために設計された空中要塞という側面もある。翔子たちを助けた特務自衛隊も、この浮遊島に基地を置いており、彼らはこの島から世界各地へＥＭＩＴＳ《エミッツ》を討伐しに行くのだ。

彼らはよく奮闘してくれているし、地上の新聞にも時折、その勇猛果敢《ゆうもうかかん》な戦いっぷりが大きく取り上げられている。しかし、浮遊島が危険であることに変わりはない。

浮遊島は、特務自衛隊とＥＭＩＴＳ《エミッツ》の戦場なのだ。

（この人は、一体何を考えて、俺を推薦したんだろうか……）

推薦状に刻まれた、推薦者の所属と名を読む。

特務自衛隊航空総隊出雲航空団第一討伐隊所属、篠塚凜《しのつかりん》。……どこかで聞いたことがあるような名前だが、あまり覚えていない。

不安はあるが、それでもこの推薦状は魅力的だ。

特務自衛隊は万年人手不足なため、国がある施策を講じている。

浮遊島に移住を決定した者は、様々な好待遇を受けることができるのだ。政府は浮遊島への移住者に対して、税金緩和の他、あらゆる経済的優遇を保証している。

要は少しでも浮遊島の味方についてくれる者が欲しいのだ。人が集まれば浮遊島の価値は増大する。そうなれば、ＥＭＩＴＳ《エミッツ》との戦いに協力してくれる者も増えるかもしれない。

推薦状に記されていた天防学院も、その国策に含まれている。天防学院の校舎は有名私学顔負けの環境であると評判だ。しかも学費は無償である。教程にもエーテル粒子を用いた、新鮮味のあるカリキュラムが組まれているらしい。

天防学院は学費無償。

働くしかないと思っていた未来に、新しい希望が芽生える。

だが、そんなことよりも、やはり――空を飛びたい。

この気持ちだけは、抑えられそうになかった。

「翔子！」

家の玄関を開けると、居間の方から母が出てきた。

母は翔子が五体満足でその場にいると確認してから、安堵《あんど》の息を漏らす。

「聞いたわよ。ＥＭＩＴＳ《エミッツ》に襲われたんでしょ」

「……まあ」

「ほんとに、あんたは昔から、私を心配させて……」

母に軽く抱き締められる。翔子は無言で、母が安心するまで待つことにした。

母が離れてから靴を脱ぎ、居間に入る。キッチンには調理中の鍋が置かれていた。

「母さん。話があるんだけど……」

「浮遊島に行きたいんでしょ？」

そう告げる母に、翔子は目を丸くした。

「……なんで分かった」

「見れば分かる。……いえ、見なくても分かる。あんたが特務自衛隊に助けられて、空を飛んだって聞いた瞬間から、こうなることを予想してた」

コンロの火を止めながら、母は話す。

「こうならないように……お父さんは、色々と頑張っていたんだけどね」

言葉の意味が分からず首を傾げる翔子に、母は続けた。

「うちの家系は、空に呪われているのよ」

母は、神妙な面持ちで告げた。

「あんたは知らないでしょうけど、翔子の曾爺《ひいじい》さんは軍に所属していたの。空軍っていうのかしらね。戦闘機のパイロットだったらしくて……そのまま空で死んだみたい」

初耳だった。

当時、日本は空軍を持っていなかったはずだ。だから多分、厳密には陸軍の戦闘機パイロットだったのだろう。翔子は歴史の授業を思い出しながら納得する。

「だからお爺さんは空が嫌いで、飛行機にも乗りたがらなかった。でもある日、仕事でどうしても海外に行く必要が生じて……やむを得ずに乗った飛行機が墜落《ついらく》して死んだ」

その話は聞いたことがある。

死者が数十名にも及ぶ大規模な事故だったそうだ。当時、既にＥＭＩＴＳ《エミッツ》の存在は確認されていたが、その事故はＥＭＩＴＳ《エミッツ》が原因ではないとされている。パイロットの操作ミスが疑われているようだが、本人が死んでいるため真相は闇に葬られていた。

「流石《さすが》に、二代連続で空で死んじゃうと、お父さんも気にしちゃってね。うちの家系は空と相性が悪い、空に呪われている……そう言っていたわ。でも翔子、あんたは生まれた時から山の上とか観覧車の一番上とか、そういう空に近い場所が大好きでね。それでお父さんは怖くなっちゃって、あんたが空以外に関心を向けるよう工夫したのよ」

そう言いながら、母は居間にある仏壇に視線を向ける。

仏壇には、父の遺影が置いてあった。実年齢よりも多少老いて見えるその顔には、生前の苦労が滲《にじ》み出《で》ているような数々の皺《しわ》が刻まれていた。

「そしたらある日、翔子が他の子と比べて足が速いことがわかってね。それでお父さんは翔子に、空を見る代わりに走ることを好きになってもらおうとしたのよ」

「……そうだったのか」

翔子に走るという趣味を与えたのは父だった。

子供の頃、父は事あるごとに翔子をランニングに誘った。翔子が走る度に父は「翔子には走る才能がある」と褒めてくれた。それが嬉しくて、何度も走っているうちに……翔子は本当に走ることが好きになっていた。

「でも……もう、限界みたいね」

母の呟きに、翔子は複雑な顔をした。

父に恨みはない。なにせあの頃は本当に走ることが好きだった。それが本来の感情を上書きするための、後付けであると言われたところで実感はない。

「私もお父さんも、薄々これが一時凌《いちじしの》ぎだと分かっていたわ。だからお父さん、もしこの先翔子が浮遊島に行きたいと考えるようになったら、その時は止めずに応援しようって決めていたの。……これからは好きにやりなさい。どうせ私が何を言っても、あんたは止まらないでしょう？　そういう頑固なところ、お父さんにそっくりよ」

母が優しい瞳を向けてくる。

「……偶には帰ってくると思う」

「期待しないで待ってるわ。せめてメールか手紙は寄越しなさい」

礼を言う翔子に、母はひらひらと手を振る。

「あー……お父さんの遺言。やっと、吐き出せたわぁ」

重荷を下ろして、身軽になった母の呟きは、少しだけ寂しそうだった。

「じゃあ母さん。この推薦状に判子が欲しいんだけど……」

「はいはい」

推薦状を受け取った母が、タンスから判子を取り出す。

その途中、母は推薦状を見て硬直した。

「……あんた。自分を推薦した人のこと、ちゃんと分かってる？」

「推薦した人？　名前はそこに書いてるし、一応、顔も覚えているけど……」

返答すると、母は溜息を吐いた。

「この人の名前、調べてみなさい。凄いの出てくると思うから」

# 第二章　天上の仲間たち

SLEEPING ACE OF THE
FLOATING ISLANDS,
ENJOYS CADET
SCHOOL LIFE

四月一日。天防学院《てんぼうがくいん》、入学式の日。

受け取った推薦状の効力は想像以上に大きかったらしく、翔子《しょうご》は学力試験などあらゆる過程をスルーして、あっさりと天防学院への入学が決定した。

これからその学院へ向かうために、浮遊島『出雲《いずも》』の発着場に辿《たど》り着《つ》く。

「……でかいな」

目線の先にあるゴンドラリフトの、そのスケールの大きさに内心で感嘆した。

周囲には翔子と同じ、天防学院の新入生であろう人々と、大小様々なコンテナが積まれてある。翔子たちはこれから、このコンテナと一緒に浮遊島に搬送されるのだ。

他の新入生たちと同様、翔子も私服だった。制服や教科書は現地で配られるらしい。灰色のパーカーに、色の濃いジーンズと。無難な服装を選んでいる。

(……年齢は若干、注目されるかもな)

天防学院には編入制度がない。そのため翔子はもう一度、高校一年生をやり直さなければならなかった。

これから始まる高校生活では、自分は常に周りより一歳年上である。

「ん?」

携帯電話が振動する。画面を見れば、明社《あきと》と沙織《さおり》からメールが届いていた。

『時間が空けば遊びに行くから、先に楽しんでこい!』

明社らしい応援に、翔子は微笑する。

続けて沙織のメールも開いた。

『今度は、本気になれたらいいね』

いまいち意図が読めないメッセージだ。思わず首を傾《かし》げる。

太いロープがゴンドラの頭に接続され、搬送の準備は着々と進んだ。

ロープの先にあるのは、浮遊島出雲。エーテル粒子の恩恵により、世界有数の宙に浮く島の一つである。通常は高度三〇〇〇メートルを維持しているが、今はその高度を一五〇〇メートルまで下げている。積雲を周囲に従え、無限とも言える空の中、その島は堂々と座していた。

「天防学院新入生の方は、荷物をこちらにお預けください」

拡声器による案内に従い、翔子は背負っていたリュックを下ろした。

乗車したゴンドラが揺れ、遂《つい》に動き出す。

ガラス越しに空を見上げれば、宙に浮く人影を幾つか発見した。EMITS《エミッツ》の襲撃に備える特務自衛隊の警備隊たちだ。搬送時の襲撃は、下手をすれば地上にも被害が出かねない。普段よりも厳重に、警戒態勢が敷かれているようだった。

『――では、続いてのコーナーです』

その時、ゴンドラ内に吊《つ》るされている液晶モニターの音声が、耳に届いた。

『空の守護者たる特務自衛隊。今年もその卵を迎え入れるべく、天防学院の入学式が開かれます。例年、自衛隊の方々も注目している天防学院の新入生ですが、今年はなんと、あの英雄たちが推薦状を使って生徒を招き入れたとの情報が入っております。今回の特別ゲストはその二人！　浮遊島が生んだ二人の英雄です！　どうぞ、お入りください！』

液晶に、マイクを持つ司会と、ゲストと思しき二人の人物が映った。

『篠塚凜《しのつかりん》です』

『アミラ＝ド＝ビニスティですわ』

黒髪黒目の大和撫子《やまとなでしこ》のような少女と、銀髪で派手な女性が自己紹介をする。片方の名に聞き覚えがあった翔子は、モニターを一瞥《いちべつ》した。

『お二人はそれぞれ、金轟《こんごう》、銀閃《ぎんせん》という名で、日本どころか世界的にも有名なＥＭＩＴＳ《エミッツ》討伐《とうばつ》のプロフェッショナルですが……やはり、まずお尋ねしたいのは推薦状の件になります。お二人は今まで、どちらも推薦状を使用されたことがなかったとのことですが、今年はどうして使用されたのですか？』

その問いに対し、最初に答えたのはアミラと名乗った銀髪の女性だった。

『わたくしの場合は簡単な理由ですわね。使うべき時が来たから、使ったまでですわ』

『と、言いますと？』

『以前から、目をつけていた人がいますの。その人はこの空で、わたくし以上に強く、美しく輝く可能性がある。……ですから、彼に推薦状を使用することは前々から決めていました。それがこのタイミングになったのは、単純に年齢の問題ですわ』

『成る程。つまり、昔から目をつけていた素晴らしい人材が、今年、天防学院に入学できる歳になったから推薦状を渡したと。……その彼の正体も、気になるところですね』

『非常に優秀な方ですから、すぐに知れ渡る筈《はず》ですわ。もっとも……そちらの方が、どう思われているかは知りませんが』

銀髪の女性が、隣に立つ篠塚凜を睨《にら》みつけた。

『あ、あはは……で、では次は、篠塚さんの方にお尋ねしたいのですが――』

『勘』

『……え？』

『勘。ピンと来たから、使っただけです』

『え、ええっと……それはいわゆる、第六感というものでしょうか。何かこう、並々ならぬ才能を感じたとか、そういったものではなく……？』

『才能は、特に考えていません。でも――』

少女は続けて言う。

『――一緒に飛んだら、面白そうだと思いました』

わけのわからないコメントに、司会が困惑する。

ゴンドラが進み浮遊島の全貌が明瞭になった。浮遊島は下を向いた円錐《えんすい》の形をしている。下層の表面にはエーテル粒子を活性化するための不思議な模様が刻まれていた。

対し、上層には整然とした街並みが広がっている。海も山もないが、その平坦《へいたん》な地には彩《いろど》り豊富な世界があった。表面積は凡《およ》そ三〇〇平方キロメートルと、かなり広い。加えて高層ビルなどといった背の高い建物が存在しないため、圧迫感のない景観が続いていた。

ガタン、と、ゴンドラが汽笛代わりに揺れる。

到着を知らせるゴンドラ内のアナウンスに、乗客たちは皆一様に興奮した。

◆

扉が開き、風が吹き抜ける。

その先に一歩を踏み出して――翔子は、目を見開いた。

「何だこれ……」

道行く人々の頭上に、空を飛び交う人々がいた。赤、青、黄、緑。様々な色の外套《がいとう》を纏《まと》った人々が、地上と空、二つの世界を自由に行き来している。

この島では、人は空を飛ぶことができる。

それは勿論《もちろん》、知っていたが――目の前の光景はそれだけではない。ベンチに座りながら、宙に浮く映像を指さして笑う子供たち。ホログラムの案内に従って散歩する老夫婦。まるで未来にタイムスリップした気分だった。

（……いいな）

空を駆ける人々を見つめながら、翔子は思う。

（早く俺も、飛びたい……）

無意識に拳《こぶし》を握り締める。

こんな気持ちになるのは久しぶりだった。

「ここが、天防学院です」

案内役の女性が言う。

目の前にあったのは、有名私大顔負けの学舎だ。整えられた花壇や植え込みに、綺麗《きれい》なアーチを描く噴水。透明な水を流す細長い水路は、この敷地内に芸術的に張り巡らされている。

綺羅《きら》びやかな校庭に目を奪われながら、翔子たち新入生は講堂へ向かった。

「外部の学校から来た転入組は、入学式が終わった後、適性検査を受けてもらいます」

天防学院には高等部だけでなく、初等部、中等部もある。中等部から高等部へ進学した生徒たちを、進学組と呼んだ。一方で、翔子たちのように外部から入学した生徒は転入組と呼ばれる。

「前から順番にご着席ください」

席は二百近くあったが、そのうちの半分は進学組が既に着席していた。流石《さすが》に彼らは浮遊島に慣れているらしく、翔子たち転入組と比べて肩の力が抜けている。

設置されたパイプ椅子に腰を下ろして、暫《しばら》く待機する。

『ただ今より、入学式を行います』

僅《わず》かなざわめきの中、入学式が始まった。

◆

理事長、学院長による挨拶が終えた後、翔子たち転入組は検査のため別室に移動した。

「それでは、これから適性検査を行います」

白衣を身につけた女性が生徒たちの前で言う。

「エーテル粒子には適性という概念があります。適性は上から順に甲《こう》、乙《おつ》、丙《へい》、丁《てい》、戊《ぼ》、己《き》の六段階あり、高ければ高いほどエーテル粒子の力を引き出すことが可能です。……浮遊島に流通しているあらゆる道具は、エーテル粒子を動力としていますので、適性が高い方は様々な面で有利になります」

淡々と説明しているが、生徒たちは緊張した面持ちだった。

浮遊島で過ごす上で、この適性というステータスは非常に重要だ。

適性が高ければ高いほど、エーテル粒子を動力とした道具の性能を、より多く引き出すことができる。特務自衛隊が使用している対ＥＭＩＴＳ《エミッツ》用の武器もそれに該当する。

学院は適性による差別をしないと宣言しているそうだが、恐らく実態は異なるだろう。特務自衛隊を中心に、浮遊島に存在するあらゆる組織は高い適性を持った人材を求めている。浮遊島では、適性が高ければそれだけで職に困らない。

「し、心配しなくても大丈夫ですよ。大半は三段階目である丙以上の適性です。それ未満が出ることは稀《まれ》ですから、リラックスして検査に臨んでください」

慌てて女性が生徒たちに言う。その言葉を聞いて、少しだけ空気が弛緩《しかん》した。

「簡単な血液検査で済みますので、準備ができた方から順にお並びください」

やや緊張しながら翔子は列に並んだ。

（適性が高ければ、楽に過ごせるかもしれないな……）

注射器でほんの少しだけ血を抜かれ、特殊な機材で適性診断が行われた。

「結果が出ました。美空《みそら》翔子さんの適性は、六段階中…………五段階目の、戊ですね」

検査結果が記された用紙を、翔子は無表情で受け取った。

（丙未満は、稀って言ってなかったか……？）

女性を一瞥すると、物凄《ものすご》く気まずい顔で視線を逸《そ》らされた。

元々そこまで期待してはいなかったが、どうやら自分はこの先、あらゆる面で不利を感じるかもしれない。溜息《ためいき》を吐《つ》いた翔子は、重い足取りで教室に向かった。

高等部一年は五クラス存在する。一つの教室に収まる生徒は凡そ四十人ほどだ。

天防学院は校舎も豪華だった。廊下の壁は大理石と見紛《みまご》うような高級感溢《あふ》れるもので、各クラスは清潔感ある階段教室となっている。

席に座り、すっかり固くなってしまった身体を軽く解《ほぐ》していると、

「浮遊島は初めて?」

不意に、右隣の席に座る男子が声を掛けてきた。

「まぁ」

「よかった、僕もなんだ」

肯定する翔子に、その男子は爽やかに笑った。

サラサラとした黒髪に、均整の取れた中性的な顔立ちをしている。しかし体格は決して細くはない。肩幅から察するに、身体を鍛えているのだろう。如何《いか》にも女の子が好きそうなルックスだ。あの難攻不落《なんこうふらく》の異名を持つ沙織も、この男には一目惚《ひとめぼ》れするに違いない。

「結構心細くてさ。何ていうか、話に聞いていた以上に地上と違う世界だから」

「わかる。一人で外国行ったらこんな気分なんだろうな」

お互い緊張しているらしく、共感を得た二人はそのまま意気投合した。

「僕は篠塚達揮《たつき》。自衛科を専攻することになっている」

「美空翔子。専攻は、同じだな」

「それは奇遇だね。……自衛科って、他の普通科や研究科と比べて危険な学科だから、あんまり人気がないって聞いたけど、そうでもないのかな」

天防学院は高等部から普通科、研究科、自衛科の三つに分かれる。

自衛科は文字通り、自衛力を養うための学科だ。将来、浮遊島の治安維持に貢献《こうけん》するべく物騒な教育カリキュラムが組まれている。ＥＭＩＴＳ《エミッツ》への対抗手段や、先進技術を駆使した犯罪への対策など。そういった実戦的な能力を積ませることを目的とした学科だった。

「少なくとも俺は、普通科に入りたかったけどな……」

「え、じゃあどうして自衛科に？」

「推薦状で自衛科を指定されたから、仕方なく」

自分を推薦したあの女性を、翔子は心底恨んだ。

どうして自衛科に推薦したのか。

（でも、推薦状がなかったら入学できなかったしなぁ……）

翔子が推薦状を貰《もら》ったのは二月頃だ。既に天防学院の一般入学向けの試験は終了しており、今年度に入学するには推薦状を使うしかなかった。

溜息を吐きながら、周りを見る。

各教室には、各学科の生徒が均等に割り振られているらしい。この教室には自衛科の生徒もいれば、普通科や研究科の生徒もいる筈だ。彼らが羨《うらや》ましいと素直に思う。

「でも、推薦状を貰えたのは凄いね」

「凄い？」

「知らないのかい？　推薦状を用意できるのは、浮遊島に住む人たちの中でも一握りの者だけだよ。学院の教師だったり、あとは特務自衛官だったり。……そんな人たちに目をかけられたということは、君は凄く優秀なんだろうね」

「いや……そんなことは、ないと思うけどな」

学力があるわけでもなく、足を怪我《けが》しているため身体能力の限界も低い。どう考えても優秀と見込まれて推薦されたわけではない。

しかし、どうりで面接すらせずに入学できると思った。どうやらこの浮遊島において、推薦状とはそれほどの効力を発揮するものらしい。

「篠塚は、どうして自衛科を選んだんだ？」

「僕は特務自衛隊を目指しているからね。自衛科の大半は、そういう生徒だと思うよ」

「肩身が狭いな」

「あはは。まあ折角だし、貴重な経験ができると思ったらいいんじゃないかな。知っているかもしれないけれど、自衛科と研究科の二つは、進級する時に普通科へ移行する機会が与えられるんだ。自衛科がどうしても肌に合わないなら、それを使えばいいよ」

「……そうだな」

どのみちその制度を使っても、普通科へ移れるのは最短で来年だ。

これから自分は最低一年間、自衛科に所属しなければならない。

「ちなみに僕も推薦状で来たんだ。同じ境遇として、今後もよろしく」

達揮が自信に満ちた眼差《まなざ》しを向けながら、手を差し伸べてくる。

握手すると、力強く掌《てのひら》を握られた。

「僕のことは達揮でいいよ」

「了解。じゃあ俺のことも翔子でいいぞ」

自衛科に入ることになったのは残念だが、新生活の滑り出しは悪くないかもしれない。

こんな好青年と接点ができるとは我ながら思っていなかった。正義感も強そうだし、いざという時は遠慮なく助けを求めようと思う。

（そう言えば、篠塚って、何処《どこ》かで聞いたことがあるような……？）

◆

「おし、全員ちゃんといるな？」

その時、教室の扉から一人の男が入ってきた。

太く逞《たくま》しい声と共に姿を現した男は、大きな身体を揺らしながら教卓の前で立ち止まる。短く刈り揃《そろ》えた黒髪に、筋骨隆々なその体軀《たいく》。教室をザッと見渡すその瞳はあまりに鋭く、生徒たちはみな萎縮《いしゅく》した。

「このクラスの担任の、岩峯亮《いわみねりょう》だ。よろしく」

ニカッと笑ってみせるが、怖い。とはいえ親しみをもって接してくれていることくらいはわかる。生徒たちはまだどこか動揺しつつも、少しずつ柔らかな態度を取り戻していった。

「まずは、そうだな。自己紹介をしてもらおうか」

そう言って亮は踵《きびす》を返し、ホワイトボードの下部にあるスイッチを押す。直後、ボードに青白い画面が浮かび上がった。その画面にメタリックカラーのペンを立て、亮は文字を記す。閃光《せんこう》のようなエフェクトが走る度に、クラスメイトは「おぉっ」と騒ぎ立てた。

こんなもんか、と亮が呟《つぶや》く。

画面には「名前」「学科」「一言」と記されていた。

「あー……それと、先に言っておこう。このクラスには、期待のルーキーが二人いる」

二本の指を立てて言う亮に、生徒たちは賑《にぎ》わいを見せる。

ルーキー、ということは高等部からの転入組だ。亮の言葉を聞いて、翔子は僅かに眉を顰《ひそ》めた。隣を一瞥すれば、達揮が何やら諦めたような表情を浮かべている。

「順番にやれ。まずはお前からだ」

窓際最前列の生徒が指定され、その場で起立する。

自己紹介は滞りなく進行した。順番が巡り、翔子の隣で達揮が起立する。

「篠塚達揮、自衛科です。特務自衛官を目指しています。よろしくお願いします」

礼儀正しく締《し》め括《くく》る。端整な顔が放つ笑顔は眩《まぶ》しかった。早速、肉食系の女子から標《ひょう》的《てき》にされつつあるらしい。教室の端々から黄色い歓声が聞こえてくる。

だが、黄色い歓声に混じって、息を呑《の》む生徒たちもいた。

「察しの通り。かの有名な、篠塚凜三等空尉……通称、金轟の弟だ」

亮がそう告げると、男女共に騒々しくなった。

「金轟の弟!?」

「英雄の弟か……」

「確かに似てるかも！」

黄色い歓声だけでなく野太い声も混じっている。

「ちなみに、アミラ＝ド＝ビニスティ三等空尉……通称、銀閃の推薦で来ている。こちらも金轟に並ぶ有名人だな」

おぉぉ、と生徒たちが興奮の声を上げた。

篠塚凜。

アミラ＝ド＝ビニスティ。

二人は浮遊島が生んだ、英雄と呼ばれる女性だ。それぞれ金轟、銀閃という異名を持ち、日本どころか世界にまで影響力を持つ。

二人が英雄と呼ばれる由縁は、数年前、ここ浮遊島出雲に訪れた大きな脅威を打ち払ったことだ。彼女たちがいなければ出雲は確実に崩壊していたとすら言われている。以来、二人は浮遊島のみならず、地上のあらゆる人々にとって憧れの的となった。

亮が言っていた「期待のルーキー」の片割れは、達揮のことで間違いない。ルックスの良さもあってか、生徒たちは大いに盛り上がった。

「と、特務自衛隊を目指すようになったきっかけはなんですか？」

「それは勿論、姉の影響です」

「適性はどうでしたか？」

「えーっと……甲種、でした」

生徒たちの質問に達揮が答えると、教室が歓声に包まれた。

適性甲種――一万人に一人の確率で現れる、最上位の適性だ。この適性があれば、浮遊島にいる限り引く手数多《あまた》となるだろう。既に栄光が確約されていると言っても過言ではない。

「あの！　どうして金轟の弟なのに、銀閃の推薦で来たんですか？」

前の方に座っていた生徒が、大きな声で質問する。

確かにその通りだ。達揮の場合、身内である金轟から推薦状を貰った方が手っ取り早い。

「それは……先に、アミラさんから推薦状を貰ったからとしか、言いようがないかな」

苦笑して達揮は答える。

一瞬、達揮が暗い顔をしたような気がした。しかしクラスメイトたちはその様子に気づくことなく騒ぎ始める。

「今、アミラさんって言った！」

「やっぱり銀閃ともプライベートで仲良いのかな？」

「金轟と銀閃のサインって貰えないかなぁ」

興奮気味な声が、教室中を満たした。

「ま、いくら二人の英雄が認めたって、この学院にいる限りはただの生徒だ。少なくとも俺は他の生徒と同じように扱うから、篠塚も邪《よこしま》な期待はすんなよ？」

「はい。ご指導ご鞭撻《べんたつ》のほど、よろしくお願いいたします」

「ははっ、こりゃあ、いらん世話だったな」

周囲に持《も》て囃《はや》されても謙遜の姿勢を保つ達揮に、亮は自分の発言を取り消した。

「……翔子。できれば、あまり気にしないで普通に接してほしい」

着席した達揮が告げる。篠塚凜は国や世界が認める英雄だ。その弟である達揮は、これからの学生生活に不安を感じているのかもしれない。

しかし、それを言うなら——自分も同じだった。

「ああ……俺も、そうしてくれると助かる」

「……え？」

翔子の言葉に、達揮が頭上に疑問符を浮かべる。

その様子だと——姉からは何も知らされていないのだろう。

キリキリと胃が痛む中、翔子は自己紹介を始めた。

「美空翔子、自衛科です。あー、そのー……よろしくお願いします」

覇気のない声で、あっさり済ませる。生徒たちも特に気にしている様子はない。

だが担任の岩峯亮は、今にも着席しようとする翔子に待ったをかける。

「美空も推薦を受けているな。誰からだ？」

意味深な亮の一言に、翔子への注目が再び集まる。確信犯だ。実に腹立たしい。

「……篠塚凜さんの推薦で来ました」

達揮のそれとは裏腹に、翔子の自己紹介は、静寂《せいじゃく》で終えた。

だが、すぐにポツポツと疑問の声が上がる。

「まぁ、そういうことだ。美空はそこの篠塚達揮の姉、金轟に推薦されている」

亮の簡潔なコメントと同時に、教室は再び大きな喧騒《けんそう》で満たされた。

「あ、あの！　どうして金轟から推薦されたんですか？」

「……それは、俺もよく分かりません」

寧《むし》ろ自分が一番知りたい。

「今までも何か、特殊な訓練をしていたということでしょうか？」

「いや、普通に学生やってました」

正直に答えると、場が一瞬、静まり返る。

キラキラと目を輝かせていた生徒たちが「……ん？」と首を傾げるようになった。

「金轟とは知り合いだったんですか？」

「推薦状を貰った時の一回しか、会ってないですね」

「じゃあ適性が高いとか……」

「……下から二番目の、戊です」

もう耳を塞いでいても、クラスメイトたちの心の声が聞こえてくる。

こいつ、なんで推薦されたんだ？　――その答えを誰よりも知りたいのは翔子自身だった。

（いじめか？）

気まずい空気の中、翔子は着席する。

期待のルーキーとは要するに、翔子と達揮のことだったらしい。しかし二人に対するクラスメイトたちの反応は、はっきりと異なっていた。

翔子は溜息を吐きながら、自分を推薦した少女のことを思い出す。

篠塚達揮の姉である、篠塚凜……通称金轟。彼女こそが翔子を推薦した、あの大和撫子だった。隣に座る達揮の顔と、記憶の中にある篠塚凜の顔を比較する。成る程、確かに目鼻立ちが似てなくもない。姉弟《きょうだい》揃って美男美女とは恵まれた家系だ。

「……どうして」

ふと、隣から達揮の呟きが聞こえた。

「姉さんが……君を…………？」

達揮の瞳に、怒りと混乱が綯《な》い交《ま》ぜになったような感情が渦巻《うずま》いていた。見ればその拳は強く握り締められている。

「うっし。んじゃ、自己紹介はこれで終わりだな。……まぁ皆、色々と気になることはあるだろうが、そういうのは全部放課後にやってくれ」

亮の一言で騒ぎが収束に近づく。だが達揮だけは未だに翔子を睨《にら》んでいた。

◆

「じゃあ最後は端末についてだ。皆、机の上にあるケースには気づいているな？　そいつを開けてみてくれ。……あぁ、乱暴には扱うなよ。一応、精密機器だ」

指示通り、机の上のケースに触れた。薄く、黒い正方形のケースを開けると、中には銀色の腕輪が収められていた。内側にも外側にも、奇妙な模様が刻まれている。

「中等部からの進学組は知っているな。その腕輪はＩＴＥＭ《アイテム》の一種で、万能端末《ナビ》と呼ばれるものだ。試しに腕に装着して、起動してみるといい」

エーテル粒子による技術を利用した道具の総称を、ＩＴＥＭ《アイテム》という。

つまりこの腕輪は浮遊島でしか使えない、最新技術のうちの一つだということだ。

既に使い慣れているらしい進学組が、留め具を外して腕に器具を通す。翔子は見様見真《みようみま》似《ね》でブレスレットを装着した。金属の冷たさを感じながら、腕輪のスイッチを入れる。

「おぉ」

ブン、と虫の羽音に近い起動音と共に、翔子の目の前にウィンドウが展開された。外枠は青く、内側は半透明となっており、奥に現実の光景が透けて見える。

「ちなみに、天防学院の制服扱いとなっているITEM《アイテム》――飛翔外套《コート》についてだが、こちらは明日配布する。……悪いな、まだ調整が終わってないらしい」

えー、とブーイングの嵐が亮を襲う。生徒たちも、亮の強面《こわもて》に慣れてきた頃だった。

飛翔外套《コート》。流石にそのくらいは翔子も知っている。浮遊島の名物であり、ITEM《アイテム》の代名詞だ。外套の形をしており、身に纏うことで空を飛ぶことが可能となる。

（空を飛べるのは、明日からか……）

残念だが仕方ない。楽しみにしておこう。

その時、ピコンと電子音が響き、斜め下に吹き出しが現れた。

吹き出しには『チュートリアルを受けますか？』と記されている。

「残りの時間は万能端末《ナビ》のチュートリアルに当ててくれ。……あ、進学組もちゃんとやっとけよ。高等部向けに、新しいプログラムがインストールされてっから」

展開されている画面に指で触れると、きちんと反応が表示された。指には何も器具を付けていない筈だが、これもエーテル粒子の力か。……仕組みはさっぱり分からない。

取り敢《とあ》えず、翔子は表示される選択肢のうち、『はい』を選んだ。

「ああ、それともう一つ。自衛科に所属する生徒は聞いてくれ」

亮の声に、翔子は顔を僅かに上げる。

「自衛科の授業は基本的に、四人一組の班で臨んでもらう。これは授業ごとに決めるものではなく、基本的には一年間固定するものだ。よって自衛科に所属する生徒は、本日の午後六時までに四人一組の班を作ってくれ。他のクラスの生徒を入れてもいいし、男女混合もありだ。ちなみに……知っているとは思うが、自衛科は学生寮も特殊だ。一つの部屋を班のメンバーで共用することになっている。女子諸君はそこんとこも踏まえて班員を選べよ。班の登録や申請は、全て端末で行える。申請すればすぐに寮の部屋番号が割り当てられるから、それ以降はすぐにでも学生寮を利用できるぞ」

最後に亮がそう説明してから、授業終了を知らせるチャイムが鳴り響いた。

「今日はここまでだ。転入組は、あんまり羽目を外しすぎないように注意してくれ」

亮が締《し》め括《くく》り、その日の授業が終わった。

多くの生徒たちが気を抜く中、自衛科の生徒だけは硬い表情を浮かべる。

行動力のある生徒は、既に班への勧誘を始めている。特に進学組は、同級生のうち半数近くが顔見知りだ。日頃の付き合いの延長で気楽に班を結成する者も現れ始めた。

「し、篠塚君！　よければ私と班を――」

「おい、抜け駆けは卑怯《ひきょう》だぞ！」

隣の席が騒々しくなった。

期待のルーキーかつイケメンということもあり、達揮はあっという間に教室中のアイドルと化していた。一方……もう一人の注目株である翔子には、誰も近づかない。

（まあ……普通は様子見だよな）

ちらちらとこちらを見ている生徒はいるが、それは期待や好奇心というよりも、訝《いぶか》しむ視線だった。英雄の推薦を受けているが、得体が知れない。そんな疑心が見て取れる。

「お先」

一応、隣の達揮に声を掛けてから、教室の外へと向かう。達揮は何か言いたげだったが、人集《ひとだか》りに囲まれて身動きできそうになかった。

「……余り物のグループでいいか」

欠伸《あくび》をしながら、呟く。

班のメンバーは誰でも良い。どのみち知り合いはいないし、多少親しくなった達揮も、あの姦《かしま》しい集団に目をつけられるくらいなら遠慮なく手放そう。

歩きながら万能端末《ナビ》を操作し、チュートリアルを再開した。

学院で使う教材は殆《ほとん》どがこれ一つらしく、インストールされている教材一式を確認する。ネットワークに接続できるため、スマートフォンやＰＣと同じ扱いもできるようだ。

「ん？」

全てのチュートリアルを終えた後、妙な選択肢が画面に現れる。

『サポートアバターを作成しますか？』

注釈《ちゅうしゃく》の欄《らん》には、その説明が記されていた。

要約すれば、人工知能を搭載《とうさい》した新型サポートシステムといったところだ。興味本位で「YES」をタップする。今度は複数の質問が繰り出された。

「……成る程。この質問に答えることで、アバターの人格や言動が決定するのか」

心理テストに近いものを感じながら、翔子は次々と質問に答えていく。

自分に自信がありますか？　――いいえ。

人付き合いは得意ですか？　――いいえ。

他人の感情の機微《きび》には敏感な方ですか？　――いいえ。

異性、もしくは恋愛に興味はありますか？　――いいえ。

最後の問いに答えた後、「アバター作成中」の文字が表示される。

同時に、注意書きが小さな文字で表れた。

『本サービスでは、利用者の性格および能力の特徴を分析し、利用者にとって最も相性が良いとされる人格をアバターに与えています。場合によっては利用者の思い描いた理想とかけ離れた人格となることもありますが、ご了承ください』

「……なんだそりゃ」

要するに、どんなアバターができても文句言うなということだ。

あまり細かいところを気にするわけではないが、せめて口煩《くちうるさ》いアバターだけは勘弁してほしいと切に願う。

でかでかと表れる「御対面」と記されたボタンをタップした。

『きゃるる～ん！　初めましてっ、ご主人さ――』

「うるさっ」

即座に腕輪のスイッチを切り、アバターとの対面を中断。

鼻にかかったような甘ったるい声が聞こえたような気がした。ゆっくりと空を眺め、深呼吸することで、頭を真っ白にする。そして、改めて端末に触れた。

『ちょっとご主人！　いきなり何するんですかっ！』

妙に甲高《かんだか》い声が再度響く。翔子はあからさまに嫌な顔をして、画面を見た。

赤色を基調とした和服を纏う、二頭身の娘が八重歯を覗《のぞ》かせて騒いでいる。頭からは黄《こ》金色《がねいろ》の獣耳が生えており、瞳は真紅《しんく》。和服の隙間《すきま》からは一本の筆先のような尻尾《しっぽ》が見えていた。

『聞いてますかっ、ご主人様！』

舌足らずな声音が癇《かん》に障《さわ》り、翔子は首を横に振った。

「チェンジで」

『どういう意味ですかっ！』

検索フォームに「お前を消す方法」と入力する。

『わあああああ！　何をしてるんですか!?　私の享年、三十秒にするつもりですか！』

「うるさい。引っ込め」

『ムキーッ！　寧ろ勝手に作ったのはそっちでしょう！』

正論を言われるも翔子は引かない。

人工知能とはいえ、もっと機械的なやり取りを想像していた翔子にとって、目の前で怒鳴り散らす二頭身キャラクターは完全に想定外だった。

『大体何ですか、初対面にも拘《かかわ》らず、その無気力な目は。外はこんなにいい天気だというのに、ご主人様の周りだけちょっと暗くありません？　陰気臭いですよぉ～？』

「これか？　…………違うか」

『ちょちょちょちょっと！　さらっと私を消そうとしないでください！』

電子機器の扱いに慣れていないことが悔《く》やまれる。翔子は舌打ちした。

『さてはご主人、私がどれだけ便利かわかっていませんね⁉』

焦燥《しょうそう》しながら告げるアバターに、翔子は「む」と口を噤《つぐ》んだ。

「何かできるのか？」

『ええ、ええ、何でもできますとも。行き先を教えていただければ瞬時に道を提示しましょう。欲しいものがあれば、瞬時に最安価で取り扱っている店をお伝えしましょう。私はご主人様の知らないことを幾《いく》らでも知っております』

「……馬鹿っぽいけど、案外有能なんだな」

『そうでしょう、そうでしょう！　って、誰が馬鹿ですかー!!』

プログラムにしては随分と感情豊かだ。これは高性能と取っていいのか、面倒臭いと取るべきなのか。判断が難しい。

『プロフィールを確認したところ、ご主人様は今日、天防学院に入学したようですね。……それで早速ぼっちですか。まぁそんなんだから、私みたいなアバターができたんでしょうけど』

機能はこのままで、もう少し大人しくなってくれれば理想だが……注釈の欄に記されている文章が現実を知らしめる。二回目以降のアバターの作成は、有料となるようだ。

『ところで、ご主人様』

「ん？」

やや遠慮がちな様子で、アバターが声を上げる。

『その、ですね。そろそろ私に名前を付けてもらいたいのですが……』

「名前って……アバターには名前をつけるのか？」

『一応、それが一般的でございます』

端末をインターネットに繋《つな》ぐ。新たなウィンドウが表示され、狐娘《きつねむすめ》の姿が半分隠れた。

狐娘はすぐに身を翻《ひるがえ》して画面の前に出る。

翔子は検索フォームに「アバター　名前」とキーワードを打ち込んだ。

「よし、この中から好きなものを選べ」

百種類近い名前候補を前に、翔子が満足気な表情を浮かべる。

しかし、狐娘のアバターは、がっくりと肩を落とし、

『ほんっっっっとうに、ご主人様は馬鹿ですね!!』

沙織に勝るとも劣らない勢いで、アバターが怒鳴り散らす。

『私は、ご主人様に決めてもらいたいんですよ！』

「そう言われても、俺、センスないぞ？」

『え？　……い、いえ、それでも構いません！　さぁどうぞ、一思《ひとおも》いに！』

「じゃあ、コケシで」

『ししし失礼な！　手も足も生えておりますっ！　……って、わああああっ!?　入力を止めてください！　後生ですから！　他の名前でお願い致しますっ！』

「我儘《わがまま》な奴《やつ》だな」

猛烈に焦るアバターに、翔子は小さく息を吐く。

黙考する翔子は、視界の片隅に、滑空する人影を捉えた。

水中を泳ぐ魚のように、少年少女が宙を飛翔《ひしょう》していた。何やら宙を転がる真っ赤なボールを蹴り合っている。浮遊島でしかできないスポーツ、空中サッカーだ。

自由自在に空を駆け回る子供たちを見て、翔子は小さく呟いた。

「……いいな」

『いーな、でございますか？』

どこか嬉《うれ》しそうに訊《き》き返すアバターに、翔子は「ん？」と話の齟齬《そご》を感じる。

齟齬云々《うんぬん》の前に、そもそも今のは独り言なのだが、アバターは聞いちゃいなかった。

『いーな、いーな……悪くありません。いえ、寧ろ私にぴったりではありませんか！』

「え、あ、いや……ん？」

『ご主人様、このような素敵な名前を付けていただき、感謝します！』

「お、おう。感謝しろよ？」

『はい！』

喜色満面といった様子で、翔子の周囲を飛び回るアバター……もとい、いーな。今更誤解を解くのは面倒臭そうなので、翔子はそのまま放置しておくことにした。

『それでは決定しましたっ！　たった今、この瞬間から、私は依々那《いいな》でございます！』

画面上辺に大量の紙吹雪《かみふぶき》が舞い、どこからかファンファーレが鳴り響く。飛び回る依々那の幸せそうな振る舞いに、翔子は何度目か分からない溜息を吐いて、再び歩き出した。

『ではご主人様、名前を付けてくださったお礼に、この依々那が島を案内しましょう！』

「それは助かる。頼むぞ」

『お任せください！　まずは――』

意気揚々と画面に地図を展開し、依々那が目的地と道順を定める。無気力な少年と、口煩いアバターは、その後もくだらない会話に花を咲かせながら、浮遊島の街を歩いた。

◆

午後五時半。赫々《かくかく》たる夕陽《ゆうひ》が、今にも沈もうとするその時。

天防学院出雲校高等部の学生寮のフロントにて、三人の少女が頭を悩ませていた。

「まずいわね」

栗色《くりいろ》の髪を肩の下辺りまで伸ばした少女が呟く。

「綾女《あやめ》、残り時間は？」

「……三十分」

紫の長髪を揺らしながら、別の少女が答える。

「も、もうそんなに時間、経っちゃったんですか……」

残り時間を聞いて、金髪碧眼《へきがん》の少女が落ち込んだ声音で呟いた。

「あーもう！　何で四人一組の班じゃないと駄目なのよ！　三人一組でもいいじゃない！」

「……不覚。もっと早めに行動しておくべきだった」

自衛科に所属する三人の少女は、班のメンバー選びに悩んでいた。

少女たちは進学組だ。そのため学院に知り合いは大勢いる。しかし、三人はいつも三人だけで行動しており、他の面子との交流が極端に少なかった。そのせいで進学組としてのアドバンテージをまるで活かせておらず、こうして時間ギリギリになるまで班を結成できずにいる。

「ま、まだ班に入っていない生徒は、どのくらいいるんですか？」

「えーっと、私たちを除いたら……五人ね。足手纏《あしでまと》いとは組みたくないけど、この際、そんなことも言ってられないか……」

少女が万能端末《ナビ》を操作して、余っている生徒を調べる。

「残る五人のうち、女子は一人だけね」

「あ、あの、でしたら、その……」

「……分かってるわよ。ここまで来たら、どうせ誰でも同じでしょうし。ならせめて、こっちにとって都合が良い相手を選びましょう」

栗色の髪の少女が告げると、金髪の少女は安堵《あんど》に胸を撫で下ろした。

「それじゃあ、誘うわよ？」

反対意見がないことを確認し、少女は端末を操作する。

画面中央に招待中と記されたアイコンが浮かぶ。

「ふぅ。……取り敢えず申請はしたわ。あとは受諾してくれたらいいけれど」

「あ、ありがとうございます。その、配慮していただいて……」

「いいってことよ、このくらい」

ペコペコと頭を下げる金髪の少女に、栗色の髪の少女は優しく微笑《ほほえ》んだ。

「そう言えば、聞いた？　今年は期待のルーキーが二人いるって」

「え、えっと確か、金轟さんと銀閃さんが、それぞれ推薦した生徒ですよね」

「そう。でも妙なことにね、どうもその金轟の弟である篠塚達揮って男は、姉ではなく銀閃の方から推薦を貰ったみたいなのよ。……普通、逆じゃない？」

「きょ、姉弟で、仲が悪いのでしょうか……」

「かもしれないわね。金轟って、家族とか関係なしに厳しそうだし」

金轟こと篠塚凛には、どこか形容し難い凄味《すごみ》がある。あの英雄らしい立ち居振る舞いは、家族に対しても牙を剝《む》くのかもしれない。

「……篠塚達揮より、もう一人の方が気になる。今のところ、情報が一切なし」

「そうね。噂《うわさ》も特に聞こえないし……得体の知れなさは感じるわね」

紫髪の少女の発言に、栗色の髪の少女は同意した。

その時――手元に広げていた画面が、ピコンと通知を示す。

「受理された！」

「……早速、申請」

三人だけだった班に、新たな人物が加わる。少女たちはガッツポーズを取るよりも早く、すぐに担任教諭に班の申請を出した。

「で、でも、いいんでしょうか。顔合わせもせずに……」

「……グズグズしてた私たちが悪い」

その正論に反論できる者はいなかった。

金髪の少女が空気を変えるために、おどおどとした様子で端末の画面を見る。

「こ、この方……綺麗な名前ですね」

「……同意」

不本意な形とはいえ、三人だけだった閉鎖的なコミュニティに新たな人間が加わるというのは、不安とは別に仄《ほの》かな期待も感じるものだった。

新しいメンバーとはできるだけ仲良くしておきたい。少女たちはそう考える。

「寮の部屋鍵も手に入ったから、早速行きましょう」

「お、おもてなしの準備も、しないといけませんね！」

受付から荷物を受け取り、三人は宛《あ》てがわれた部屋へ向かった。

「美空、翔子《しょうこ》ちゃんね。……どんな人なんだろ」

端末の画面に記されたその名を、少女は読み上げた。

◆

同時刻。

三人の少女が、新たな仲間の来訪に胸を高鳴らせる一方で、美空翔子は自身が数時間前に作成したアバターである依々那と共に、天防学院の学生寮に向かっていた。

「道、こっちであってるか？」

『はい。ここから二つ目の角を曲がれば、すぐに目的地です』

かれこれ数時間による会話の末、二人はすっかり和解していた。依々那の有用性には目を見張るところがある。面倒臭がり屋な翔子にとって、相談するまでもなく次の方針を決めてくれるのは非常に頼もしい。流石は浮遊島の技術だ。

『しかしご主人様。後の祭りかとは思いますが、本当によろしかったのでしょうか？』

「何が？」

『先程承諾した、班の招待でございますよ』

それは今からほんの数分前のこと。依々那のエスコートに従い、浮遊島を散策していた翔子の端末に、一通のメッセージが届いたのだ。内容は班への招待だった。

どうやら顔も名も知らぬ誰かが自分を招待してくれたらしい。

物好きもいたものだと思いながら翔子はすぐに承諾の意を返し、晴れて班というものに所属することとなった。

「元から余り物を狙ってたからな。期限までギリギリだったし、向こうも似た感じだろ」

『……あともう少し。私がもう少し早く生まれていたならば、ご主人様にそのようなふざけた真似はさせなかったのですが。……この依々那、一生の不覚！』

「お前の一生って、まだ五時間くらいじゃん」

翔子の言葉に依々那は「ぐぬぬ」と唸《うな》り声《ごえ》を上げた。

『ていうか、ご主人様。気づいておりますか？　これからご主人様の所属する、自衛科第十四班ですが……ご主人様以外、皆女子ですよ』

「……マジで？」

『マジでございます』

「何で言ってくれなかったんだよ」

『言おうとしました！　私はちゃんと、忠告しようと思いましたよ！　でもご主人様がそれを無視したのではありませんか！　フランクフルトを食べるのに夢中で！』

事実をはっきりと突き付けられ、翔子がきまりの悪い顔をする。

学生寮に向かう途中、寄り道した商店街が元凶だった。丁度空腹だったので翔子はフランクフルトを一本購入したのだが、その時、タイミング悪く招待が届いたのだ。

『もしかしてハーレム展開でも期待しているのかなぁ、と私は思ってました。ご主人様もやっぱり男なんですねぇ、なーんて思っていたらこのザマですよ。あぁ悔しい。恋愛はいいものですよぉ、ご主人様ぁ？　なんなら私が相手になりましょうかぁ？』

「頭と胴しかない分際で、生意気なことを言うな」

『だから私はコケシじゃありませんっ！　手も足もあります！』

ほらっ！　と両手足を振るが、所詮《しょせん》は二頭身。遠目から見ればやはりコケシだ。

「……まぁ、どうにかなるだろ」

別段、女子が苦手なわけではない。翔子は前向きに考えることにした。

やがて、目的地である天防学院高等部自衛科の学生寮に辿り着く。

「……これが、学生寮？」

『デンマークの、ティットゲン学生寮を模倣したみたいですね。ここからは見えませんが中央には広々とした空間があるみたいです』

一言で表せば前衛的だった。縦にも横にも長くなく、すり鉢状に展開される寮舎。外側にはボックス型の部屋が幾つも並んでおり、それが円の外周を表す曲線を描いている。敷き詰められたようではなく、敢えて異なる大きさにしたり凹凸を出したりしているところが、日本の建築物特有の無機質な感じを遠ざけていた。緻密《ちみつ》に計算された設計だ。

『フロントはあっちですね。さ、行きますよ。ご主人様』

依々那の案内のもと、翔子は学生寮のフロントに辿り着く。

班の招待を承諾してから、更に数分後。翔子の端末に学生寮の部屋番号を通知するメッセージと、その部屋の電子ロックを解除するための認証データが送られてきた。顔合わせは部屋で行うと解釈しても良いのだろう。

『ではご主人様。私は一旦、姿を消しますね』

部屋の前に辿り着くと、依々那がそんなことを言った。

「なんでだ?」

『アバターは使用者以外には目に見えないので、他人と会話する際には存在しない方が良いのですよ。俗に言う、マナー違反なのでございます』

例えるならば、人との会話中に他人とメールをするようなものか。

『というわけで私は眠らせてもらいます。何かあればこちらのベルを鳴らしてください』

画面の端に銀色のベルが配置されると同時に、依々那の姿が少しずつ透明になって消えた。

「取り敢えず……入ってみるか」

銀の腕輪を電子ロックに近づける。送られてきた認証データが照合された。ランプが緑色に点灯し、ロックが解錠される。

そして、ドアを開けると——。

「……え？」

視界に映るのは、惨状だった。

手前のローテーブルの上で転がるコップ。中に注がれていただろう飲料はテーブルを水《みず》浸《びた》しにし、更には縁から零《こぼ》れ落《お》ちて、純白のカーペットに茶色い染みを作っていた。

奥にいる金髪碧眼の少女が、両手に女性物の着替えを抱えながら、呆然《ぼうぜん》と翔子を見る。

そして、翔子の目の前には……半裸の女性が二人いた。

栗色の髪をした少女が、可愛《かわい》らしい下着姿を披露する。隣の紫がかった髪の少女に至っては、上半身が丸裸だった。

全員が彫刻のように固まって動かない。

唯一、紫髪の少女だけが、平然とした顔で告げた。

「……えっち」

「……すまん」

踏み出した一歩を後ろに引いて、開いた扉を静かに閉める。

流石の翔子も、これには動揺を隠しきれなかった。

◆

天防学院、学生寮のとある部屋にて。

三人の少女と、一人の少年が、背の低いテーブルを挟んで対峙《たいじ》していた。

「美空翔子だ。よろしく」

自身の名を告げる際に、少しだけ口調が強くなる。

時刻は午後六時。——変態だの、変質者だの、散々な罵倒《ばとう》を浴びせられた挙句《あげく》、遂には警備員を呼ばれそうになった翔子が、どうにか難を逃れた数分後。

翔子は、はっきりと自身の名を告げた。

「……ややこしいのよ、名前」

「……よく言われる」

全ての原因は目の前の少女が、翔子を女子と勘違いしたせいだった。

三人は翔子もてなすために茶を用意していたらしい。しかしそれが零れ、二人の少女の服に掛かってしまい、そのため着替えていたそうだ。相手が女性なら着替え中に鉢合わせしても問題ない。そう思っていた彼女たちにとって、男子である翔子が来たのだから、それは驚くのも当然だろう。もっとも、それで罵倒はともかく、ビンタまでされるのはどうかと思うが。

「その……悪かったわね。まだ痛む？」

「いや、もう引いてきた。……俺も悪かった。ノックもせずに入って」

翔子の片頰には、真っ赤な椛《もみじ》が刻まれていた。

「その……改めて自己紹介するわ。古倉花哩《こくらはなり》よ。一応、この班の班長ってことになるわね」

栗色の髪の少女が自己紹介を済ます。彼女の言う通り、端末から調べられる班員リストには古倉花哩が班長であると記されていた。

次に、花哩と名乗った少女は隣の、紫髪の少女に目配せをした。

「……大和《やまと》綾女。よろしく」

簡潔な自己紹介に、翔子も「おう」と簡素に返す。

数分前の惨状でも彼女だけは取り乱していなかった。恐らく感情の起伏が少ないタイプなのだろう。髪の色と似た紫紺《しこん》のワンピースと、無口無表情な様子が、ミステリアスな雰囲気を醸《かも》し出《だ》す。御伽噺《おとぎばなし》に出てくる魔女のような印象を受けた。

「その髪、染めてるのか？」

「……エーテル粒子の影響。私、適性高いから」

綾女はその腰まで伸びるだろう紫の長髪を、ふわりと持ち上げて言う。

聞いたことがあった。適性が高いとエーテル粒子の影響を過剰に受けてしまい、髪が変色する場合があるらしい。確か銀閃の名を持つ特務自衛官は、そのせいで銀髪なのだとか。

「で、最後は……」

綾女の髪自慢を無視して、翔子は残る一人に視線を移す。

「ひっ」

翔子の視線に金髪碧眼の少女は驚いた。その臆病な振る舞いは小動物を彷彿《ほうふつ》とさせる。

「ラーラ、いつまでも怖がらないで」

盾代わりに使われていたクッションを花哩が押し退《の》け、少女を手招きする。

改めて翔子の斜め前に正座した彼女は、大きな深呼吸をしてから、口を開いた。

「ラ、ラーラ＝セヴァリーです。そ、そそそ、その……よろしくお願いしまひゅっ！」

最後の最後で噛《か》んでしまったラーラは、顔を林檎《りんご》のように真っ赤にした。

「ええと、う、生まれはイギリスなのですが、今は帰化して日本人になってます。……あ、その、こ、これは地毛です！　染めてないです！」

「お、おう。いや、別に疑ってはないけど……」

「特技は、皿回しですっ！」

「すげぇ。ちょっと見てみたい」

兎《うさぎ》のようだと侮《あなど》っていたら、とんだ大物だ。これには翔子も興味津々《きょうみしんしん》になる。

「……プロの腕前。見るべし」

「え、えへへ。本当は、猿を回したかったのですが……」

なんだコイツ――。

この場で誰よりも個性の薄そうなラーラが、意外にも一番個性的だった。

目の前の少女は眠れる獅子《しし》だ。多分、宴会の場では誰よりも輝くに違いない。

「ラーラは日本文化が好きなのよ。忍者とか侍とか、そういう一般的なやつだけじゃなくて、和楽器とか、歌舞伎とか。あと、なにげにアキバ系も好きよね」

「そ、そうですね。色々と……色々と、好きです」

若干言葉を濁《にご》したラーラだが、既に彼女の情報に関しては飽和状態である。

「三人は元から知り合いなのか？」

目の前の三人は、とても仲が良いように見える。少なくとも、数時間前に出会ったばかりで、ここまで意気投合することはないだろう。

「知り合いっていうか、私たちは初等部からの幼馴染《おさななじ》みなのよ」

「そうなのか。……ということは、古倉たちはもう何年もこの島で暮らしているんだな」

「花哩でいいわよ。私も下の名で呼ぶから」

綾女とラーラも彼女の言葉に便乗するように、首を縦に振る。

「私たちは三人とも初等部の入学式に合わせてこっちに来たから、もう十年近くいるわね。

地上での暮らしよりもこっちでの暮らしの方が長いわ。そういうあんたは浮遊島、初めて？」

「ああ、転入組ってやつだ」

「じゃあ今日は楽しかったでしょ？」

「まぁな」

確かに楽しかった。

テーマパークに遊びにきたような感覚を、ずっと味わっていた。

「翔子さんは、その、どうして浮遊島に来たんですか？」

ラーラの問いに、翔子は少し言葉を選ぶ。

「簡単に説明すると……元々は陸上部のスポーツ推薦で高校に通っていたんだが、去年の夏休みに怪我をして、学費免除が取り下げられたんだ。うちは貧乏だから、退学して働こうかと思っていたんだが、丁度その時に推薦状を貰ってな。それで、浮遊島に来ることにした」

「な、なんか思ったよりハードな人生歩んでいるわね」

花哩が同情の眼差しを翔子に注ぐ。

「でも、そんなタイミングで推薦状を貰ったなんて運がいいわね。誰から貰ったの？」

「篠塚凜って人」

「篠塚凜？　ふぅん、どこかで聞いたことがある名前ね。確か……」

極めて自然に告げた翔子に、花哩も自然な対応をする。

だが、やがて花哩たちはゆっくりと目を見開く。

「……は、ぇ？」

「……篠塚、凜？」

「そ、それってまさか、あの金轟のことですか……？」

驚く三人の少女に、翔子は、

「ああ」

と頷《うなず》いた。

同じ班になった以上、いずれは話さなければならないことだ。

すると花哩は、小刻みに身体を震わせ――。

「よっしゃ――――!!　期待のルーキー、ゲットぉ！」

拳を振り上げながら歓喜した。

「……先に言っておくが、あんまり期待しない方がいいぞ」

「なーに謙遜してんのよ！　期待しない方が無理って話よ！　あんたを推薦したのは、浮遊島が誇る英雄の一人……特務自衛隊のエースなのよ!?　他の学科は知らないけど、特務自衛隊や特区警察を目指す自衛科の生徒たちにとって、あんたは注目の的よ！」

特区警察とは、文字通り浮遊島の警察だ。浮遊島では先進技術が普及しているため、犯罪者もその技術を用いて悪事を働く。彼らを捕《とら》えるには、特務自衛隊と同様、エーテル粒子による技術を人一倍、使いこなす必要があった。

「そう言われてもな……別に俺は、特務自衛隊や特区警察に興味あるわけじゃないし」

「……え、じゃあなんで自衛科に来たのよ？」

「推薦状で勝手に指定されていたんだ。そうじゃなかったら多分、普通科に入っていた」

花哩は「むむ？」と首を傾げる。

「そもそも俺自身、なんで推薦されたのか全く分からないんだ。篠塚凜と会ったのもその一回だけだし、今まで浮遊島と関わったこともない。……適性も戊種だしな」

「て、適性戊種ぅ……？」

花哩が眉間に皺《しわ》を寄せながら言う。

「じ、自衛科で適性戊種は、相当苦労すると思います……」

ラーラがボソリと呟いた。なんとなく、そんな予想はしていた。

「……本当に、ただの気まぐれで翔子を推薦したのかもしれない。金轟って、いつも何を考えているのか分からないタイプだから」

「金轟もあんたにだけは言われたくないでしょうけど……なんかそれ、有り得る気がするわ」

綾女の推理に、花哩が複雑な表情で頷く。

確かに篠塚凜は感情が読みにくい人物だった。その点は綾女に似ているかもしれない。

「……ところで翔子。敬語、使った方がいい？」

ふと、綾女が訊く。花哩とラーラもすぐにその意図を悟る。

「そっか。地上で高校に通っていたってことは、翔子って私たちより……」

「い、一歳年上ですぅ……」

ラーラが、まるで年上は皆化《ば》け物《もの》だと言わんばかりの怯《おび》えた表情を浮かべる。

天防学院は授業の内容が特殊であるため、外部から転入してきた者は原則、一学年からのやり直しになる。入学式に参加していたのもそのためだ。

「いや、いい。普通にしてくれ」

「まあ……ていうか今更よね」

花哩の言う通りだ。翔子も頷く。

「わ、わかりましたっ！」

「全然わかってないけどな」

「す、すみません……」

あたふたと動揺するラーラに翔子は苦笑いする。他の二人にも丁寧な口調であることから、彼女にとってはそれが自然なのだろう。

「あ、そうだ。今のうちに私たちの目標について話しておくわ」

思い出したかのように花哩は言った。

「私たちは全員、本気で特務自衛隊を目指しているの。だから、あんたが将来どういう道を選ぶのかは好きにすればいいと思うけれど……私たちの足だけは引っ張らないでちょうだい」

「……分かった、善処する」

本心からの言葉だった。好きで入った自衛科ではないが、こうして班に所属した以上は、できるだけ足手纏いにならないよう努力したい。

「あんたはないの？　浮遊島でやりたいこと」

花哩が訊く。綾女とラーラも、無言で翔子の方を見つめていた。

浮遊島でやりたいこと。――それだけは、とっくに決まっている。

「……空を飛びたい」

観光でも、青春でもない。

「俺が浮遊島に来た、一番の理由は……空を飛びたいからだ」

篠塚凜が見せてくれたように、自由にこの空を飛び回りたい。

その願望は、自分でも驚くほど自然と口から零れ出た。

「翔子、いいことを教えてあげる。……空を飛びたいなら、自衛科に入ったのは正解よ」

花哩が不敵な笑みを浮かべて言う。

「自衛科は、最も実戦に近い経験を積むことができる学科よ。……言い換えれば、一番空を飛ぶことができる学科なの。現に明日の飛翔技術も、自衛科だけ時間が長いしね」

飛翔技術は、文字通り空を飛ぶための技術を学ぶ授業だ。翔子が最も受けたい授業である。

「……自衛科も、悪くないかもな」

今後の学院生活が、少しだけ楽しみになった。

その時、翔子と……綾女の腹から、空腹を訴える音がした。

「綾女とはいい友達になれそうだ」

「……マブダチ」

サムズアップする綾女に対し、翔子も自らの親指を突き立てた。

「取り敢えず、ご飯にしましょうか」

立ち上がる花哩に、翔子、綾女、ラーラの三人は賛同した。

◆

自衛科の生徒たちが全員、班を組んだことを確認した岩峯亮は、理事長室に足を運んだ。

「失礼します」

ノックした後、亮は部屋に入る。

部屋の奥にある長机の前には、一人の女性が佇《たたず》んでいた。

「岩峯か。待っていたぞ」

「すみません、仕事で少し遅れました」

微笑を浮かべる女性の言葉に、亮は愛想笑いで誤魔化《ごまか》した。

実際のところ、亮はこの女性が苦手だった。

天防学院、理事長——大和静音《しずね》。

長い紫色の髪を垂らしたその女性は、ミステリアスで、どこか不気味な雰囲気を醸し出していた。この独特な空気を苦手とする者は、亮以外にも大勢いる。

「どうだ、自衛科の新人は？　活きのいい奴はいたか？」

「まだ初日なので、なんとも言えませんね」

答えると、静音は「ふむ」と顎に指を添えた。

「例のルーキーたちの様子はどうだ」

「……銀閃に推薦された方は、既に学院中の人気者ですよ。素行もいいですし、優等生になること間違いなし。教師としては、ありがたい生徒ですね」

「ふむ……篠塚達揮、だったか」

相槌《あいづち》を打ちながら、静音は手元で端末を操作して、達揮に関する資料を開いた。

「金轟こと篠塚凜の弟にして、銀閃ことアミラ＝ド＝ビニスティの推薦を受け取った男。成る程、サラブレッドらしい評価を受けているようだな」

「適性も甲種ですし、将来有望です。……履歴書によると、姉の影響で幼い頃から特務自衛隊に憧れ、最近まで地上にある訓練施設で自主的にＩＴＥＭ《アイテム》の練習をしていたみたいですね。才能にあぐらをかくこともなく、名実ともに自衛科の模範になることを期待しています」

地上でも、高度さえ保つことができればＩＴＥＭ《アイテム》を使用できる。例えば山の頂上だ。そういう場所には、ＩＴＥＭ《アイテム》を使用できる施設が設置されていることもある。

「しかし……篠塚凜の弟なら、どうしてわざわざアミラ＝ド＝ビニスティから推薦状を貰ったんでしょうね。普通に姉から貰った方が手っ取り早い気がしますが……」

「そうだな。そればかりはどうしても疑問が残る」

教室で自己紹介をした時、達揮は先にアミラから推薦状を貰ったからだと言っていた。

しかし亮も静音も、その言葉を信じることはどうしてもできなかった。

「篠塚達揮が、縁故《えんこ》採用を遠慮したのか。或《ある》いは——篠塚凜が、弟よりも推薦したい人物を見つけたのか」

訥々《とつとつ》と、静音は己の考えを口にした。

「それが……美空翔子だと？」

「私はそうだと踏んでいる」

微かに笑みを浮かべる静音。一方、亮は硬い表情で口を開いた。

「お言葉ですが理事長。美空翔子の適性は戊種です。……正直、自衛科の授業に耐えられるとは思いません。篠塚達揮と違って、彼は何の訓練も受けていませんし、今後の授業次第では他の学科へ移行することも検討した方が良いかと思います」

「手厳しい判断だな」

「うちは退学率が高いですからね。将来を見越した考えが必要になるんですよ」

入学式の後。亮は、翔子が教室に入った時からずっとその一挙手一投足を観察していた。

しかし翔子からは、達揮と違ってこの空で戦っていく覚悟を感じなかった。

「自衛科は、兵士を育てるための学科です。物見遊山のつもりで来た生徒を、いつまでも放置するのは……見殺しにすることと変わりません」

侮っているわけではない。ただ亮は本人のためを思って、厳しく判断せざるを得なかった。

「……岩峯。金轟が作戦中、単独行動を好むことは知っているな？」

不意に、静音は訊いた。亮は首を縦に振る。

「かの英雄、金轟は美空翔子のことを『共に飛びたい相手』と評した。……如何なる危機的状況に陥っても単独で動くことを好み、その上で大抵の問題を解決してしまうあの金轟が、そこまで言ってのけたのだ。……少なくとも、ただ者ではあるまい」

先日、篠塚凜は浮遊島のテレビ番組に出演し、推薦状を渡した相手についてそのように述べていた。彼女のことをよく知る特務自衛官の間では、ちょっとした騒ぎになっている。

「それに、金轟の眼は確かだ。私は彼女の判断を信頼したい」

窓から外の景色を眺めていた静音は、そう言って振り返る。

「本題に入ろうか。……明日の特別訓練についてだ」

その一言に、亮は難しい顔をした。

「理事長、本当にやるんですか？　いくら自衛科の生徒とはいえ、その半数近くは転入組ですよ？　入学二日目の生徒たちに、この内容はあまりにも過酷です」

「上は即戦力を求めている。……Ｅ《エ》Ｍ《ミ》Ｉ《ッ》Ｔ《ツ》Ｓとの戦いも年々激しさを増すばかりだ。人手不足を一刻でも早く解消したいのだろうな」

上とはつまるところ、特務自衛隊のことだ。人手不足の問題は一向《いっこう》に解決しない。

「私も少々無茶がすぎるとは思う。しかし、何も無策というわけではない。上はちゃんとスペシャルゲストを用意してくれたよ」

そう言って静音は机に置いていた書類を一枚、亮へ渡した。

「……マジすか」

「驚いただろう？　なんとか時間を作ってくれるそうだ。……ここまでくれば、訓練というよりちょっとしたパフォーマンスだな。新入生の士気も確実に上がると思うぞ」

「……分かりました。俺も、腹を括ります」

覚悟を決めた亮に、静音は微笑する。

「さぁて、見極めようじゃないか。今年の新入生はアタリか、それともハズレか……」

# 第三章

# 新たなる日々

SLEEPING ACE OF THE
FLOATING ISLANDS,
ENJOYS CADET
SCHOOL LIFE

翌朝。自室で目を覚まし、顔を洗った翔子《しょうご》はリビングに向かった。

「……翔子、おはよう」

「お、おはようございます！」

目をしょぼしょぼとさせた綾女《あやめ》と、緊張した様子のラーラが挨拶をする。翔子もすぐに「おはよう」と返した。少し前までは陸上部の朝練で毎日早起きしていたため、翔子は朝に弱くない。

一方、綾女は朝に弱いらしく、覚束《おぼつか》ない足取りでテーブル席に座った。

「花哩《はなり》は？」

「早朝ランニング。そろそろ帰ってくると思う」

綾女が答えた直後、玄関の戸が開き、汗だくの花哩が帰って来た。

「ただいま。あー、疲れた」

「……ご飯、どうする？」

「ちょっとだけ頂戴」

綾女と花哩の慣れた応酬を聞きながら、翔子も花哩に対し声を掛ける。

「どのくらい走ったんだ？」

「十キロくらいよ」

「朝にしては走り込んでるな。アイシングしといた方がいいぞ」

「……そう言えば、あんた、元陸上部って言ってたわね」

汗をタオルで拭いながら花哩は言う。

「怪我《けが》をしたって言ってたけど、もう走れないの？」

「ああ。走ろうとしたら痛む」

「そ。……あんまり無理するんじゃないわよ、こっちもできるだけフォローするから」

その言葉を聞いて、翔子が意外そうに花哩を見る。

「なによ。同じ班の人間なんだから、当然でしょ」

「……助かる」

正義感の強い少女だ。

花哩は恥ずかしそうに顔を逸《そ》らし、風呂場へと向かった。椅子に座った翔子は、綾女の出してくれた朝食に手をつける。

「しかし、花哩は毎朝十キロも走ってるのか」

「朝と放課後に、合わせて十五キロ走るのを日課にしてる。本人曰《いわ》く、そのくらいやらないと特務自衛隊は務まらないとのこと」

「……特務自衛隊になるのって大変なんだな」

「そんなわけない」

綾女がピシャリと言う。

「あれは努力しすぎ。花哩は特務自衛隊の中でも、エースを目指しているから」

「エース？」

「別にそういう役職があるわけじゃない。要するに、特務自衛隊の中でも一際優れた人間になって、色んな人を助けたいということ。金轟《こんごう》や、銀閃《ぎんせん》のように」

翔子は適当に「ふぅん」と相槌《あいづち》を打った。その興味なさそうな顔を見て綾女は問いかける。

「翔子もエースになりたい？」

「いや別に。俺は助けるよりも、助けられる方が性に合ってる」

「そう言うと思った」

花哩に言うと馬鹿にされそうな発言だったが、綾女は寧《むし》ろ安心したように微笑した。

朝食を平らげた後、三錠の薬を水と一緒に摂取する。「念のために」と母に渡された、高山病を緩和するための薬だ。エーテル粒子との適性が高い者は高度順応が極めて早い。本来なら不要な筈《はず》だが、捨てるのも勿体《もったい》ないので一応飲んでおく。

全員が朝食を済ませて外に出ると、横薙《よこな》ぎに風が吹き、真っ白な雲が目の前を過《よぎ》った。

浮遊島には雲を弾く機能が存在するが、省エネのため今日のような晴れの日は停止している。

「翔子、今日の午後になったら空を飛べるわよ。楽しみにしておきなさい」

「……ああ」

既に昨晩からずっと楽しみだった。

端末を操作して時間割を表示する。空を飛ぶ授業は五限目だ。

「……ところで、六限目の特別訓練っていうのは、どういう授業なんだ？」

「ああ、その授業は内容が毎回異なるから私たちにも分かんないのよ。まあ、授業が始まったらすぐに説明されると思うわ」

流石《さすが》は最先端の学院。中々、斬新なカリキュラムが組まれている。

「それじゃあ私たちはこっちだから。また二限目に会いましょう」

花哩が言った。翔子たちはクラスが異なっているため、普段は別の教室で過ごす。自衛科の授業のみ古倉班《こくらはん》として出席するため、その時に合流する手筈《てはず》となっていた。

班のメンバーたちと分かれた翔子は、高等部一年一組の戸を開く。

「おはよう、翔子」

昨日と同じ場所に着席している達揮《たつき》が、声を掛けてきた。

昨日、自己紹介が終わってから達揮の様子が妙《みょう》だったが、今は落ち着いている。結局あれは何だったのだろうと疑問を抱いたが、藪蛇《やぶへび》も嫌なので詮索《せんさく》はやめておいた。

「お互い、無事に班は決まったみたいだね」

「そうみたいだな。まあ俺は達揮と違って、最後まで余っていたが」

「それは君がすぐに帰ってしまうからだろう」

達揮が笑って言う。

「それで結局、誰と班を組んだんだい？」

「別のクラスの、古倉花哩って人」

「……へぇ、そうなんだ」

一瞬。達揮が目つきを鋭くしたような気がした。

「ということは、他のメンバーはラーラ＝セヴァリーさんと、大和綾女《やまと》さん？」

「そうだが……なんだ、あいつら有名なのか？」

「彼女たちは全員、親が特自の隊員で、それも一線級の活躍をしている有名人なんだ。その血と才能を継いでいるからか、彼女たちもとびきり優秀らしいよ」

「……マジか」

先日のやり取りから、少なくとも花哩がストイックであることは理解していたが……どうやらそれは学院全体でも有名な事実らしい。

「翔子って、なんだかんだ厳しい環境に身を置くよね」

「わざとじゃないんだ……達揮、班替わらないか？」

「遠慮しておく。でも羨《うらや》ましいよ。彼女たちと一緒にいれば実力も磨かれるだろうし。

……って、こんなこと言ったら自分の班の人たちに申し訳ないね」

羨ましいなら替われよ。

翔子は内心でそう呟《つぶや》いた。

◆

一限目の科目は歴史。担当教諭は初老の男性であり、細い身体や色素の薄れた髪が頼りなさそうではあるが、手慣れた動作で授業を開始した。

万能端末《ナビ》が展開するスクリーンに、歴史の教材が映し出される。

「エーテル粒子が発見されたのは、今より半世紀ほど前の話です」

発端は一人のパイロットの発言だった。大西洋にある特殊な海域。俗にバミューダ・トライアングルという魔の領域の遥《はる》か上空にて、不思議な光を見たと彼は告げたのだ。

当初は誰もが聞く耳を持たなかった。しかし、それから一年と経《た》たないうちに、複数の宇宙飛行士、或《あ》いは旅客機パイロットなどが、同様の発言をしたのだ。

重い腰を上げた研究機関は調査団を結成。

そして調査の結果――遂《つい》にエーテル粒子が見つかった。

「知っての通り、エーテル粒子は一定以上の高度でないと確認できません。そのため、研究は航空機や標高の高い山などで行われました。やがてエーテル粒子を利用して物質を宙に浮かせる実験が成功した後、今度はその技術を用いて、更なる研究施設の拡張を図りました。……空中研究所建設計画。空に土地を持つという、前人未到の計画です。これが、現代の浮遊島の前身となるわけですね」

教師は丁寧に、歴史を語る。

「しかし、ここでトラブルが発生しました。研究所の建設が着々と進行する中、突如、上空より未確認飛行物体が襲来したのです。各国は軍、日本は自衛隊を対応に回しましたが、その飛行体はレーダーには反応せず、警告も通じませんでした。パイロットが目視したそれは、予想していた機械の塊とはまるで違う、異形《いぎょう》の化《ば》け物《もの》の軍団だったと述べています」

化け物たちは戦闘機による攻撃を物ともせず、また戦闘機に見向きもせず、空中研究所を破壊した。幸い各国とも、研究所は本土近海の上空にて建設していたため、地上には被害が及ばなかったものの、研究所は無残な瓦礫《がれき》と化した。

「こうして計画は頓挫《とんざ》。大打撃を受けた研究所は、空に放置されました。化け物たちはその後も不定期に空から出現し、人類はその脅威に晒《さら》されるかと思われましたが……化け物たちは人類への攻撃には積極的ではなく、何故《なぜ》か宙に浮かぶ研究所への攻撃を続けていました」

厳密には、時折地上に下りてくる個体もいるが、そういった例外的存在は攻撃性が低く、既存の銃火器による討伐《とうばつ》も難しくはあるが可能だった。――研究所の破壊では、あれほど猛威《もうい》を振るっていたにも拘《かかわ》らず、だ。化け物にしてはあまりに呆気《あっけ》なさすぎる。

「この現象から、ひとつの事実が明らかになりました。化け物はエーテル粒子を摂取して活動しているということです。だから、エーテル粒子を取り扱う研究所に群がっていたのです」

研究所は、建物を宙に浮かせる力を確保するべく、空気中に散在しているエーテル粒子を掻《か》き集《あつ》める働きを持っている。その流れに、化け物は誘《おび》き寄《よ》せられたのだ。

「化け物の身体構造にエーテル粒子が含まれることが発覚したことで、その正式名称も決定しました。特殊流体空棲動物――『Ｅｔｈｅｒ Ｍｏｎｓｔｅｒ Ｉｎ Ｔｈｅ Ｓｋｙ』、略してＥＭＩＴＳ《エミッツ》です。更に研究が進んだ結果、ＥＭＩＴＳ《エミッツ》もエーテル粒子と同様、一定以上の高度でないと活動できないことや、ＥＭＩＴＳ《エミッツ》はエーテル粒子を用いた外部からの刺激に弱いことが明らかになりました」

対抗手段が確立し、敵の狙いも発覚した。求められる戦場は――一つしかない。

「現状を打破すべく、各国は頓挫した計画を大幅に改変し、再始動しました。研究所だけでなく、軍事的な機能を備え持った空中施設……即《すなわ》ち、空中要塞《ようさい》の誕生です。人類は、この要塞にＥＭＩＴＳ《エミッツ》を誘導して討伐するという作戦に乗り出しました」

空に放置された瓦礫の山への攻撃はまだいい。当時の人類にとって最大の問題は、地上に下りてきたＥＭＩＴＳ《エミッツ》への対処である。今の時代においても、ＥＭＩＴＳ《エミッツ》が地面に直接接触した事例はないが、背の高い構造物――高層ビルや電波塔は標的に成り得るのだ。

加えて、地上に下りた個体は弱いといえど、それはあくまで比較の話。……腐っても化け物だ。生身の人間ではいくら頭数を揃《そろ》えようと討伐できない。

その問題を解決したのが、空中要塞である。

化け物共が、地上へ下りる前に誘導し、纏《まと》めて殲滅《せんめつ》する。エーテル粒子の濃度が高い上空では、ＥＭＩＴＳ《エミッツ》も強化されるが、同時にＥＭＩＴＳ《エミッツ》を打破するためのエーテル粒子を用いた武器も上空でしか使えない。人類は戦場を空に定める他なかった。

「この作戦は現在まで続き、日本では特務自衛隊がＥＭＩＴＳ《エミッツ》と戦っています。しかし特務自衛隊は命を懸《か》ける職場ですから、慢性的な人手不足は避けられません。打開策として、政府は空中要塞に街を作り、更に税制優遇制度や資金援助などの様々な措置が先進技術実用特区として実施されました。軍事色も時とともに薄れ、空中要塞は浮遊島に名を変え、今に至ります」

そこまで説明されたところで、授業終了を告げるチャイムが鳴り響いた。

「お疲れ様でした。次回はＥＭＩＴＳ《エミッツ》について触れていきましょう」

教師が立ち去った後、翔子は机に頬杖《ほおづえ》をついて吐息を漏らす。初回ということもあり、授業内容は馴染《なじ》み深いものだった。これから少しずつ、本格的な勉強が始まるのだろう。

「さて……次は実技だね」

隣に座る達揮が、こちらを向きながら言う。

二限目の科目は戦闘技術。通称、戦技と呼ばれるこの授業は、文字通り戦闘に関する技術を養うためにある。一年生の間は、主《おも》に武器型ＩＴＥＭ《アイテム》の使い方を学ぶそうだ。

「物騒な科目だな」

「仕方ないよ、自衛科だし」

普通科、研究科にこの授業はない。それがこの授業の過酷さや物騒さを物語っている。

「翔子、期待しているよ」

「……何が？」

「姉さんに選ばれたんだ。君も、ただ者ではないんだろう？」

そう言って達揮は立ち去った。

「……なんだ、あいつ？」

自分はただ者である。そう言い返したかったが、既に達揮はここにいない。

移動教室のために生徒が次々と席を立つ中、翔子もゆっくりと立ち上がった。

◆

「翔子、こっちよ」

第一演習場に向かうと、古倉班の三人が既に場所取りをしていたので合流する。

芝の地面に腰を下ろすと眼と鼻の先に雲が見えた。第一演習場は訓練空域と隣接しているため空に面しており、少し身を乗り出せば青々とした海を一望できる。

「自衛科、実技担当の岩峯《いわみね》亮《りょう》だ。一組の担任でもある。……この一年間は、戦闘技術も飛翔《ひしょう》技術も、どちらも俺が担当になるんで、顔を覚えてくれ」

戦技の担当教諭であり翔子のクラスの担任でもある岩峯亮が、生徒たちの前に立った。

「ちなみに、俺は教鞭《きょうべん》をとる傍《かたわ》らで、特務自衛隊の即応予備自衛官ってのをやってる。特務自衛隊について知りたいことがあるならば、なんでも訊《き》いてくれていいぜ」

特務自衛隊における予備自衛官補の公募試験は、満十五歳から受験できる。そのため、クラスメイトたちは真剣な眼差《まなざ》しで亮を見据えた。実力と勇気があれば、今の自分でも戦場に立つことができる。その意識の高さを象徴するのが、この自衛科という学科だった。

今の浮遊島は年功序列よりも実力主義を掲げている。結果、特務自衛隊や国家公安委員会警察庁所轄《しょかつ》の特区警察に関して言えば、この年齢でも十分に成り上がることが可能だ。

恐らく自衛科を専攻する生徒の大多数が、それを夢見ているのだろう。

「さて、それじゃあ授業に入るぞ。まずはＩＴＥＭ《アイテム》についてお浚《さら》いだ」

亮は大きな声で言った。

「ＩＴＥＭ《アイテム》ってのはエーテル粒子を動力源にした道具だ。その種類は三つあり、攻撃を目的とする『Ａｔｔａｃｋ　ＩＴＥＭ《アタックアイテム》』、防御を目的とする『Ｄｅｆｅｎｓｅ　ＩＴＥＭ《ディフェンスアイテム》』、そして補助を目的とする『Ｓｕｐｐｏｒｔ　ＩＴＥＭ《サポートアイテム》』だ。それぞれ頭文字で『ＡＩ』、『ＤＩ』、『ＳＩ』などと呼ばれている。例えば今、俺たちが身に付けている万能端末《ナビ》は『ＳＩ』だ」

簡潔に説明しながら、亮は足元に置いてある頑強そうな箱に手を伸ばす。

そこから取り出された物は、一丁の黒光りする銃だった。

「さて。これが今回、お前らが使うＩＴＥＭ《アイテム》の天銃《バレット》だ。見ての通り『ＡＩ』に該当する」

重厚感ある銃を見せつけられ、生徒たちはゴクリと緊張に喉を鳴らした。

自衛科の授業らしくなってきた。……翔子は小さく嘆息《たんそく》する。

「使用するのは、天狗《てんぐ》シリーズの狗賓《ぐびん》。国内普及率も高く、汎用性抜群の型だ」

ＥＭＩＴＳ《エミッツ》の襲撃により、日本は戦前と同じように武器を製造していた。

とはいえ開発には様々な制約が施されており、自由に開発を行えるのは現状、自衛隊だけだ。

天狗シリーズは、翔子のような地上で過ごしていた一般人でも耳にするくらい有名な型だった。狗賓はサブマシンガン型だが素材が軽く、女子供でも片手で簡単に扱うことができる、お手軽兵器として人気だ。対人にも対EMITS《エミッツ》にも効果があり、燃費もいい。

「天銃《バレット》のメカニズムは、実際に見て理解してもらおう」

亮が片腕で天銃《バレット》を持ち上げ、その先端を空に向ける。

「まず、起動と同時に、銃口にエーテル粒子が収束する」

コンピュータのディスクドライブが駆動した時のような擦れた音。それと共に、亮の握る天銃《バレット》の銃口に、灰色の光が現れた。光は少しずつ大きさを増し、やがて拳大《こぶしだい》になる。

「引き金を引くと、収束した光が弾丸として射出される」

一通りの説明が終えた直後、銃口から灰色の弾丸が飛び出した。

天銃《バレット》は火薬を用いていないいため、マズルフラッシュは発生しない。また、従来の銃のような甲高《かんだか》い発砲音も響かない。反動も少ないのだろう、エアガンでも扱っているかのような気軽さだ。

「実際は、この一連の動作は一瞬で終える。……見た目に騙《だま》されるなよ。形こそ銃だが天銃《バレット》の弾丸は銃身を経由しない。弾丸は引き金を引いた瞬間、銃口に形成される。薬莢《やっきょう》は飛び散らないいし、マガジンに詰められているのは弾薬ではなくバッテリーだ」

基本的にそれらの構造を有していれば、天銃《バレット》は銃火器の形状を持つ必要はない。実際、米国では杖型の天銃《バレット》が開発されているくらいだ。

ＩＴＥＭ《アイテム》の形は、用途と、開発者の趣味嗜好によって左右される。……もっとも、最低限の機能を有していることが大前提となるが。

「ちなみに、こうやって弾丸を撃つ時に、俺たちはあるものを消費しているわけだが……誰か答えが分かる者はいるか？」

「内蔵粒子です」

「お、正解だ。ってお前、進学組じゃねぇか。そりゃ分かって当然だ」

前列の生徒が挙手して答えると、亮は称賛した後、呆れた様子で笑った。

「ＩＴＥＭ《アイテム》の使用には二種類のエーテル粒子を消費する。外気に散在する粒子と、人の体内にある内蔵粒子だ。内蔵粒子はスタミナみたいなもんで、量に限りがある。使いすぎると底を尽《つ》いて気絶しちまうから注意しろよ。ちなみに、内蔵粒子の最大値は適性に比例する」

つまり適性が高い者は、スタミナが多いということだ。それがこの空の上において、あらゆる面で有利に働くことは想像に難くない。

「今回の授業では、この狗賓で的当てを行ってもらう。……まずは手本を見せるぞ」

亮が空中で忙《せわ》しなく指を動かす。端末画面を操作しているのだろう。

演習場の外側――地面のない空の部分に、無数の的となる円盤が表れた。目を凝らせば、断続的ではあるが形が崩れている。物体ではなく映像らしい。

天銃《バレット》を的に向けた亮は、素早く引き金を引いた。直後、的が一つ破壊される。

亮はそのまま腕を水平に動かした。次々と射出される灰色の弾丸。それらは目にも留《と》まらぬ速度で、的の中央に吸い込まれる。

生徒たちが息を呑《の》む中、弾丸が的を突き破り、破砕音《はさいおん》が鳴り続いた。

「ふぅ……ま、こんな感じだな。それじゃあ順番にやってみろ。一人十発だ」

亮が指示出した直後、生徒たちが一斉《いっせい》に立ち上がり、我先にと銃を求めはじめた。

「さぁ――私たちも行くわよ」

花哩もまた、ギラギラと目を輝かせて天銃《バレット》を取りに行った。

その様子を見届けた翔子は、隣にいる綾女へこっそり声を掛けた。

「花哩、随分と張り切っているな」

「ん。……この日のために、よくエアガンで練習していたから」

「気合入りすぎだろ」

銃を手に取った花哩は、嬉々《きき》とした様子でレーンに並び、銃を構える。

無造作に展開される的を、横に並んだ生徒たちが撃ち落とす。慎重に撃つ者もいれば連射する者もいた。各々が首を傾《かし》げたり、喜んだりして、再び銃を構えている。

（……こんなことより、早く飛びたい）

いまいち周囲の熱気に馴染めなかった翔子は、溜息《ためいき》を吐《つ》く。

花哩も射撃を開始する。テンポよく弾丸が放たれ、その度に次々と的が破壊された。十発中、九発が命中。それは他の生徒と比べても驚異的な精度だった。

「どうよ！　見た、見たっ!?　私の記録！　超えられるものなら超えてみなさい！」

花哩が物凄《ものすご》くテンションを上げて帰ってきた。「子供か」と突っ込みを入れたくなったが、恐らく口にすれば睨《にら》まれるので黙っておく。

その後、綾女とラーラも射撃を行った。綾女は普段通りの無表情を貫いたまま、レーンに立ち、銃を構える。だが弾が的を外した時、僅《わず》かに顔を歪《ゆが》めた。一方ラーラは、これまた普段通りの怯《おび》えた様子で銃を構えたが、深呼吸をした後、身体の震えが止まった。どちらも十発中七発を的に命中させる。二人とも平均以上の記録だ。

「……むぅ。もう少し行けると思ってた」

「わ、私も、あんまりいい成績じゃなかったです……」

不満気な二人の様子に、翔子は達揮に言われたことを思い出した。この三人は学院の生徒なら誰もが知っているほど有名で、優秀らしい。今、その一端を垣間見《かいまみ》た気がする。

その時、急に他のレーンから歓声が轟いた。

待機している生徒だけにあらず、銃を握る者の視線までもがそちらに移る。釣られて視線を動かした翔子は、その先に、安堵《あんど》の息を漏らす達揮を確認した。

「おい、見たか今の？」

「すげぇな、全弾命中だぜ」

「しかも、凄く早かったよね」

「流石、金轟の弟だなぁ……」

生徒たちの話し声を聞いて、歓声の理由を翔子は知る。

「ふ、ふぅん？　す、少しはやるようね……」

達揮の偉業を知って、花哩は強がりを見せた。誰もそれに反応しなかった。

視線の先で、達揮は銃を次の生徒に手渡し、列を離れる。

達揮がこちらを見た。――まるで、挑発するような笑みを浮かべて。

「さあ。次はあんたの番よ」

そう言って花哩が翔子の背中を叩《たた》く。

「金轟に推薦された力、見せてやりなさい！」

「……がんば」

「お、応援してます！」

古倉班のメンバーがそれぞれ翔子に発破を掛けた。

「まあ……できるだけ頑張ろう」

溜息交じりに返答し、レーンに並ぶ。

前の生徒から手渡された銃を、まじまじと眺めた。重くはない。寧ろ軽すぎて頼りないとすら感じる。モデルガンすら持ったことがない翔子は、慎重な動作で銃を構えた。

小さく息を吐き――発砲。

弾丸が放たれると同時に、微かな疲労感を覚える。内蔵粒子が消費された証拠だ。

「……外したか」

弾丸は、大きく的を外れた。

「もうちょい肘を伸ばしてみろ」

眉間に皺《しわ》を寄せる翔子に、亮が横合いから声を掛ける。

「天銃《バレット》には反動がねぇから、決まった構えが存在しない。とはいえ基本は守らねぇと当たるものも当たらん。重心を定めて、標的に向けて肘を伸ばし、最後に引き金を絞る。まずはこの三つを守れ。それだけで、三つ目の的くらいまでなら必ず当たる筈だ」

亮が見守る中、翔子は足を肩幅にまで広げ、リラックスした状態で引き金を引く。

「あー……まぁ、その、なんだ。必ず当たるってのは、訂正する」

十発の弾丸を撃ち終えた後、亮がその強面《こわもて》にはそぐわない態度で口籠《くちご》もる。

「お前……壊滅的に才能ないな」

十発中、命中したのは――ゼロ。

亮の一言に、翔子は顔を引《ひ》き攣《つ》らせた。流石にショックを受ける結果だ。

銃を後続の生徒に渡し、翔子は古倉班のもとへ戻る。

「一発も当たらないって……どんだけセンスないんだよ」

「金轟に推薦されたって本当か？　嘘《うそ》なんじゃねぇの？」

「自衛科であれは、やばいよな」

周りにいる他の生徒たちが、翔子の醜態《しゅうたい》を目の当たりにして口々に感想を述べる。

「なんか、ごめん」

三人のもとに戻った翔子は、取《と》り敢《あ》えず謝罪した。

「あんた……ちょっと……ねぇ……嘘でしょ……？」

「……ギャグかと思った」

「し、信じて送り出した翔子さんが、絶望的な射撃センスを披露して帰ってきました……」

「お前ら中々酷いよな」

暗い空気が立ちこめる中、亮がパンパンと手を鳴らして注目を集めた。

「全員、撃ち終えたな。それじゃあ最後に特別な撃ち方を教えるぞ」

亮の説明に、生徒たちが足を止め、その声に意識を傾ける。

「狗賓にはオートとマニュアル、二種類のモードがある。さっきお前らが使用したのはオートモードだ。オートは、内蔵粒子の消費量を自動的に抑えてくれるモードと覚えたらいい」

そう言って、亮が銃を構えた。

「狗賓のマニュアルモードはチャージ形式だ。引き金を引き続けることで、少しずつ威力が増していき、最大で内臓粒子の一割を持っていく」

銃口で膨張した弾丸の大きさは、オートモードの時とあまり変わらない。しかし、その灰色の弾丸は輝きを増しており、球の輪郭がよりはっきりと表れていた。

解き放たれた弾丸は、一条の光線と化し、的を一つ二つと貫いていった。

これは弾丸と言うより、レーザーだ。

「ちなみにマニュアルは適性によって威力が大きく変化するモードだ。俺の適性は上から二番目の乙《おつ》種だが、これが最上位の甲《こう》種になると威力も桁違《けたちが》いになる。……適性が甲種の生徒、試しに前に出て撃ってみろ」

亮の指示に従って、数人の生徒が前に出た。

その中には、達揮と――綾女がいる。

（……綾女も甲種だったのか）

先に撃つのは達揮だった。

視線の先で達揮が銃を構え、引き金を引いた。銃口に光が収束する。

弾丸は拳の大きさを超え、サッカーボールくらいの大きさとなって初めて膨張を止めた。

内側から少しずつ光が増していき、灰色だった筈の弾丸が、群青色《ぐんじょういろ》に染め上げられていく。

やがて撃ち出されたそれは、光の奔流《ほんりゅう》だった。銃口から離れた弾丸は、塞《せ》き止《と》められていた大河の如《ごと》く、巨大な激浪《げきろう》となって的を穿《うが》つ。

空の青が、更に濃い青で上塗りされた。

「……いやいやいや」

生徒たちが騒ぎ立てる中、翔子もまた思わず口から声を発していた。これまでの弾丸とはスケールが違いすぎる。たった一度の砲撃で、的が五つも破壊されていた。

今度は綾女が銃を構えた。銃口に集まる光は徐々に膨らみ、紫に変色する。

「どーん」

気の抜けた掛け声と共に、紫紺《しこん》の光が放たれた。達揮に負けず劣らずの歓声が響く。

「……すげぇ」

「すげぇ、じゃないでしょ」

感心する翔子の肩を、花哩が強く摑《つか》む。

「言った筈よ。足を引っ張ったら承知しないって」

翔子は顔を逸らした。今の花哩の表情を、どうしても見たくなかった。だが、花哩は翔子の肩を摑み、強引に正面を向かせる。

鬼の形相を浮かべる花哩は、満面の笑みで告げた。

「特訓しましょう」

「マジかよ」

翔子の頭の中で、ドナドナが流れた。

◆

昼休みを挟んだ後。

綾女とラーラが演習場の入り口で待っていると、翔子と花哩がやって来た。

「……翔子、お疲れ」

「ええと、その、大丈夫ですか？」

二人に声を掛けられた翔子は、儚《はかな》い笑みを浮かべる。

「俺は今、浮遊島に来たことを早々に後悔している」

「後悔してんのはこっちよ」

翔子の隣で、花哩が不満気に声を発した。

「ああもう……なんでこんな奴《やつ》を班に入れちゃったのかしら。こいつ、結局あれから全然成長しなかったのよ！　一番近い的ですら、命中率二割以下って……あんなもん目を瞑《つむ》って撃っても当たるわよ！　……ったく、なんで金轟もこんな奴を推薦したのかしら」

花哩は頭をかきむしりながら言う。

「まあ要するに、特訓は全て無駄だったということだ」

「威張んな」

花哩が怒気を孕《はら》んだ声で言う。

「……あんたねぇ。今、自分が周りから何て言われてるのか自覚あんの？」

「知らん。何て言われてるんだ？」

そんな翔子の反応に、花哩は溜息交じりに答えた。

「偽物よ。……今年は、金轟と銀閃が推薦した二人の天才がやって来るって、前々から噂《うわさ》だったからね。でも蓋《ふた》を開けたら、片方は本物で、片方は偽物だった。……皆、なんであんたが金轟に推薦されたのか疑問に思ってるわ」

それは無理もない。何故なら翔子自身も疑問に思っている。

「全員集合しているな？」

その時、亮が生徒たちの前に現れる。

「それじゃあ今から飛翔技術の授業を始める。転入組にとっては、多分お待ちかねの、空を飛ぶための授業だ」

亮の発言に、転入組は「その通り」と言わんばかりに賑《にぎ》やかになった。

この時ばかりは、翔子も周囲の熱に馴染む。

（――来た）

待ちに待った――空を飛ぶ時間だ。

「私たち進学組にとっては、久々の授業ね」

「ん。……でも、高等部からは本格的になる」

天防学院《てんぼうがくいん》の実技系授業の一つである飛翔技術は、初等部の頃からカリキュラムに含まれている。だが初等部、中等部の間は、より安全に飛翔するための技術をひたすら学ぶだけだ。

しかし高等部の――それも自衛科にもなれば、飛翔技術という授業は大きく変わる。

そもそもＩＴＥＭ《アイテム》とは元来、ＥＭＩＴＳ《エミッツ》を殲滅するために開発された代物だ。ＳＩとはいえＩＴＥＭ《アイテム》の一種である飛翔外套《コート》も、当然その趣旨に沿って作られている。

高等部自衛科の生徒たちに求められるのは、安全に飛翔する能力ではない。

より疾《はや》く。より鋭く。護《まも》るための、そして戦うための飛翔である。

「おーし、お前ら。班ごとに整列しろ。今から飛翔外套《コート》を配る。飛翔外套《コート》が配られた生徒はすぐに着用して調子を確かめてくれ」

列に並んだ生徒たちが、前から順番に外套《がいとう》を配られる。

「や、やっと返ってきましたね」

「……これがないと、不便」

ラーラと綾女が配られた外套を受け取ってほっとする。

翔子は早速、飛翔外套《コート》を広げた。濃い灰色のそれは、フードのないロングコートの形をしており、前はボタンと腰辺りに付けられたベルトで締めるようになっている。

袖に手を通し外套を着用する。前面と背面では長さが異なり、前面は足の付根、背面は膝裏まで伸びていた。その背面も尻辺りから下に向かって切れ目が入っており、走り回っても動きに支障を来さない作りになっている。生地は薄いが防寒性は十分あるらしい。

「襟《えり》を指で弾いてみなさい」

隣で同じく飛翔外套《コート》を纏った花哩が、翔子に言う。

翔子は言われた通り、ピンと立った襟を、親指で弾いて揺らした。

「おぉ」

空間投影ディスプレイが、目の前に表示される。

万能端末《ナビ》に似ているが、こちらは端末画面というよりも、視界そのものがディスプレイと化している。風向、風力の他に、天候や気温、現在の高度などの情報が視界の端に記されていた。

その時――――。

『どーん!!』

「――っ」

視界が弾けるような、激しいエフェクト。同時に甲高く、どこか腹の立つ声がした。

ギリギリで声を出さずに済んだ翔子は、見開いた目でソレを見る。

『びっくりしました？　びっくりしましたかっ、ご主人様!?　お久しぶりです！　あなたの依々那でございます！　その死んだ魚のような目、ご主人様も相変わらずのようですね！』

先日、翔子の手によって生み出されたアバター、依々那の姿がそこにはあった。

『実は、飛翔外套《コート》には自動で万能端末《ナビ》と同期するシステムが備わっておりまして。同期すればこうしてサポートシステムである私も、飛翔外套《コート》のスクリーンに現れることができるのです！　どうですか、驚きましたか？　さぞや嬉しいとお見受け致します！』

「殺すぞ」

『またまたご冗談を。照れなくてもいいんですよぉ、ご主人様ぁ？』

「殺すぞクソ電子」

『……あの、ご主人様？　本気で怒ってません？』

普段通りの無気力な瞳。しかし声色が明らかに冷えきっている。依々那は冗談抜きで主が怒っていることを悟り、借りてきた猫のように大人しくなった。

「ちょ、ちょっと翔子。あんた、いきなりどうしたの？」

反省した依々那が、こそこそと視界の片隅に移動する。その隣で花哩が、怪訝《けげん》な顔をして翔子に訊いた。見れば、他の古倉班の皆も同じような表情で翔子に視線を注いでいる。

「ああ、悪い。ちょっとアバターが」

「アバターって、サポートシステムの？　あぁ、そっか。あんた転入組だものね」

「花哩たちは使ってないのか？」

「中等部に入る頃には、必要なくなったから。消したわ」

「そうか。……後で消す方法教えてくれ」

その翔子の発言に、依々那は視界の端にて、青褪《あおざ》めた顔でガタガタと震え出した。

「にしてもあんた、殺すって……」

「俺のアバター、たまに本気で鬱陶《うっとう》しい時があるから。普段も口煩《くちうるさ》いし」

「……花哩みたいな？」

「ああ、そうそう。そんな感じ」

「殺すわよ」

綾女のたとえに、翔子が頷《うなず》き、花哩は切れた。

物騒になっていく古倉班の会話に、周囲の生徒がさりげなく遠ざかる。

「そ、それよりも、色分けをしませんか？」

ララーラが焦った様子で言った。

「色分け？」

「飛翔外套《コート》は自由に色を変えることができるんです。チーム分けとかにもよく使われていて……わ、私たちもした方が、見分けがつきやすいと思います」

配られた当初は灰色だったが、周りを見渡せば、赤や緑など、生徒たちが飛翔外套《コート》を好みの色に変えていた。寧ろ、灰色をそのまま利用している者の方が少ない。

「ちなみに私は赤だから、他の色にして頂戴」

「……私は紫」

「わ、私は黄色です！」

綾女、花哩、ラーラも、各々が決めていた色に変更する。

深紫の外套を纏った綾女は、更に魔女らしい風貌《ふうぼう》となった。花哩には女将軍のような格《かっ》好良《こよ》さが、ラーラには向日葵《ひまわり》のような可愛《かわい》らしさがそれぞれ顕《あらわ》れる。

「……で、あんたは？」

「このままで。被らなければ何でもいいんだろ？」

見た目に無頓着な翔子の反応に、花哩は溜息を零《こぼ》した。

「初期カラーなんてつまらないでしょ。というわけで……はい、これ。外套の色をランダムで決めるアプリだから、それ使って選んでちょうだい」

ピコン、と翔子の画面にアイコンが現れる。花哩がアプリを送信したようだ。

面倒に感じつつもアプリを起動すると、翔子の外套の色が目まぐるしく変化した。○・一秒ごとに色が不規則に切り替えられる。

「……ランダムって、ルーレットかよ」

「ぶふっ！　め、目がチカチカする！　何それ……に、虹色……っ！」

「お前これがしたかっただけだろ」

確かに外套の色がコロコロ変わっていくのは珍妙な姿ではあるが……吹き出す花哩を睨《にら》みながら翔子はルーレットを止める。

結果、翔子の外套は翡翠《ひすい》色となった。

「へえ、結構いいじゃない。なんていうか、風って感じね」

「……目立つな」

「そのくらいでいいのよ。あんた初心者なんだから、人目についた方がいいわ」

一応心配してくれているのか、花哩は真面目《まじめ》な顔で言った。

「んじゃ、飛翔外套《コート》について、軽く説明するぞ」

生徒の全員が飛翔外套《コート》を纏ったことで、教師である亮が口を開く。

「飛翔外套《コート》は起動すると、周囲に薄いエーテル粒子の膜を形成する。この膜が推進力にもなるし、いざと言う時に身体を守ってくれる緩衝材にもなるわけだ。基本的にこの膜の密度や流れを操作することで飛翔することが可能だが、どうやって飛ぶかは人によって微妙に異なる。翼の要領で背中から飛ぶ奴もいれば、逆立ちになって頭から飛んだ馬鹿もいる。ちなみにソイツは吐いたから真似《まね》すんな。……転入組はまず、全身で飛ぶ練習をしろ。身体全体が同時に浮くイメージだ。体勢を維持しながら、ゆっくりと浮いていけ」

亮の指示に、生徒たちが次々とその場で浮遊した。

「飛翔外套《コート》の操作は、イメージでできるんだよな？」

「そう。正確には思念入力ね」

翔子の問いに、花哩は頷いて答える。

エーテル粒子の操作は思念と刻印《ルーン》、二つの方法で行うことができる。

前者は思い通りに操作できる反面、雑念による誤作動や力加減に注意しなくてはならない。後者の刻印《ルーン》はエーテル粒子を用いた特殊な紋様で操作することであり、使用者は何も考えなくても粒子の力を活用できるが、代わりに思い通りには動かせない。それぞれ定められた機能を実現できるだけだ。

飛翔外套《コート》のように、使用者の運動そのものに大きな影響を及ぼすＩＴＥＭ《アイテム》は、思念入力が採用されることが多い。一方、天銃《バレット》のように定まった機能のみを追求する武器には刻印《ルーン》入力が採用される。浮遊島の下層には、島を浮かせるための刻印《ルーン》がびっしりと刻まれていた。

「……少なくとも浮くだけなら、簡単なイメージだけで済む」

綾女がアドバイスを送る。

「……周囲にエーテル粒子を集める。風に包まれているイメージ」

風に包まれるイメージ。――丁度、二ヶ月ほど前。あの廃ビルから落ちた時、翔子はその状態だった。あの時の自分をイメージする。

下手な固定観念は捨てる。飛翔外套《コート》による飛翔は流体力学に当《あ》て嵌《は》まらない。必要なのは純粋な感覚だけである。

「おっ？　お、おおっ……!!」

唐突に訪れる無重力感。同時に――浮いた。足が地面から離れている。

たった十センチの浮遊にも拘らず、大きな感動があった。自分を支えてきた大切な何かが欠損したかのような不安定さ。しかしその不安定さに、かつてない「自由」を感じる。

直後、一陣の風が吹いて、身体が揺れた。

「っと……バランスを取るのが難しいな」

「最初は誰だってそんなもんよ」

実際、翔子よりも遥かに年下の子供が、この島では自由自在に空を飛んでいる。

運動能力は足りている筈なのだ。後はその扱いに慣れるための時間が必要となる。

「……まぁ、問題はここから」

「そうね」

綾女の呟きに、花哩は怪しげな笑みを浮かべながら同意を示した。

「ここは地面があるから、誰でも簡単に浮くことができるわ。でも、一歩外に出れば……」

「……泣く。絶対、泣く」

「いや、まぁ確かにあんたは泣いたけど」

どこか楽しそうな様子の綾女に、花哩は呆れた視線を注いだ。

ここで浮くなら落ちても問題ない。だが外――浮遊島の縁《ふち》を越えた先には地面がない。

島の外に出れば、眼下に広がるのは穏やかな海だけだ。

安心が消え、恐怖が訪れる。決して落ちてはならないと強い意識が働く。

落ちたら死ぬ。その単純な理屈が身体を蝕《むしば》む筈だが――。

「外、出てもいいか？」

翔子は真っ直ぐ、島の外に視線を向けながら言った。

その瞳は、まるで新しい玩具を見つけた子供のように純粋で、楽しそうだった。

「え、ええ……」

微塵《みじん》も恐れていない翔子に、花哩は鼻白みながら許可する。

次の瞬間、翔子は前傾姿勢となり――真っ直ぐ島の外へと向かった。

「んなっ⁉」

一切の躊躇《ちゅうちょ》なく外へ飛び出した翔子に、花哩は驚愕《きょうがく》した。

どんどん速度を上げる。風を切り、遮るものが何もない空へと飛び立つ。

地面が消えると同時に――勢い良く空へと舞い上がった。

「はは……っ！」

見渡す限りの広大な海原《うなばら》。

果てのない青の天蓋《てんがい》。

爽やかな風に全身を包まれながら、なんとも言えない心地良《ここちよ》さを感じる。身体中《からだじゅう》の細胞が歓喜していた。

何故かは分からないが――故郷に帰ってきたかのような安堵すら覚える。

身体の奥底から感情が止めどなく溢《あふ》れ出し、無意識に口角を吊《つ》り上げた。

（なんだ、これ……っ!!）

笑みが抑えられない。

頭は冴《さ》え渡《わた》り、身体中の血は熱く迸《ほとばし》る。

（最高に――気持ちいいッ!!）

太陽を背に、翔子は全身で自由を感じた。

「……嘘ぉ」

空高く舞い上がり、笑みを浮かべる翔子を見て、花哩は唖然《あぜん》とした。

初めて地面のない空を飛ぶ時、怯えなかった者はいない。花哩も、綾女も、ラーラも……特務自衛隊の隊員たちですら、最初は誰だって恐怖するものだ。

しかし、翔子は――。

◆

「……全く、怖がってない？」

「す、凄いです……初めてなのに、こんな自由自在に……！」

綾女とラーラも、翔子を見て感心する。

「おーおー、初っ端からかなり飛んだな」

硬直する花哩たちの背後から、亮が近づいて声をかけた。

その目は花哩たちと同じく、自由に空を飛び回る翔子を見据えていた。

「射撃のセンスが壊滅的だった時は焦ったが……飛翔のセンスはあるみたいだな。他の転入組は、まだ宙に浮くことで精一杯だ」

周囲を見渡しながら言う亮に、花哩は疑問を口にした。

「……やっぱり先生も、翔子に注目してるんですか？　金轟に推薦されたから」

「アホ。教師がそんなことで贔屓《ひいき》するか。転入組の生徒は全員、様子を見て回ってんだよ」

転入組はまだ、その場で宙に浮くことすらままならない者が多い。辛《かろ》うじて数名の生徒が姿勢制御の維持に成功し、外に出ようとするが……途端に恐怖を感じて萎縮《いしゅく》している。普通はあんな風に躊躇する筈なのだ。

それを翔子は、ものともせずに飛び出した。

「お、篠塚《しのつか》も外に出たか」

亮が呟《つぶや》く。見れば少し離れたところで、蒼《あお》の外套を纏った達揮が島の外を飛んでいた。

花哩はそれを、面白くなさそうな顔で眺める。

「……あっちのルーキーは多才ですね」

「なんでもできる奴が一番優れているってわけじゃねぇけどな。世の中には一芸特化で成り上がる奴もいるんだし。……ま、美空《みそら》がそうとは限らないが」

空を飛ぶ翔子を眺めながら、亮は言う。

「しかし、ちょっと飛べるくらいでは……次の訓練はキツいかもな」

「何か言いました？」

「いや、なんでも」

花哩の問いかけを、亮は適当に誤魔化《ごまか》した。

「お前ら、美空に基本的な飛翔を教えてやれ」

「……言われなくても、分かってますよ」

同じ班の仲間として——言われるまでもなく、花哩は翔子のもとへ向かった。

「翔子。そろそろ飛翔の基礎を教えるわ」

島の外でふわふわと浮いていた翔子が、花哩の声を聞いて振り返る。

「まずは私についてきて」

「了解」

花哩がコースを先導し、他がそれを追う形で、古倉班の面々は飛び回った。

時折、様子を確かめるべく花哩は後方を振り返る。ラーラと綾女、二人の経験者に挟まれた翔子は若干窮屈《きゅうくつ》そうな態度を取りつつも、花哩に遅れることなく飛翔していた。

「……感覚は、掴めた？」

隣で飛ぶ綾女が尋ねる。

「ああ。なんとなくだが……」

「ちなみに、慣れるとこんなこともできる」

綾女が胸を反らし、上昇する。翔子の直上に昇ったところでその両足をピタリと閉じ、ゆっくりと縦に一回転した。そのまま身体を捻《ひね》りながら急降下してくる。

再び同じ高さに戻ってきたところで、綾女は降下を止め、翔子の隣に帰ってきた。

「おぉ……」

「宙返りからの錐《きり》もみ飛行。パフォーマンスにはうってつけ」

確かに目立つ技だ。近くにいた他の生徒も感心している。

飛翔外套《コート》は墜落《ついらく》を防止するシステムの他、衝突を未然に防ぐシステムも備わっている。だから多少、無茶な動きをしても事故に繋《つな》がることは滅多《めった》にない。

「それ、今の俺でもできるか？」

「試してみる？　まずは胸を軽く反らして……」

綾女の指示に従い、少しずつ上昇する。

「ちょっと、あんたたち！　今は基礎の練習よ！」

前方を飛翔する花哩に勝手な行動を咎《とが》められ、翔子と綾女は練習を中断した。

『全員聞こえるか？』

その時、耳元から亮の声が聞こえる。

『今、俺は万能端末《ナビ》の通信機能を利用してお前たちに呼びかけている。空から下りる必要はないから、そのまま聞いてくれ』

飛翔外套《コート》とリンクした万能端末《ナビ》が通信しているようだ。相変わらず多機能である。

『さて――いきなりだが、自衛科には特別訓練と呼ばれる授業がある』

丁度、今朝花哩から説明された。六限目——そろそろ始まる筈の授業である。

『進学組なら聞いたことくらいはあるだろう。この授業は、通常の授業と違って不定期に行われ、その内容も毎回変化する。更に参加も自由だ。基本的に一定のリスクはあるものの、訓練に参加した生徒には特別な点数が与えられ、成績の向上に繋がるというメリットがある。中間試験や期末試験で赤点のボーダーラインも下がるぞ』

参加自由と聞き、翔子は花哩の方を見た。

「花哩、この授業は受けた方がいいのか？」

「ええ。たとえ在学中でも、成績が高い生徒は特務自衛隊や特区警察に注目されるわ。それにこの特別訓練では、通常の授業では手に入らない貴重な経験を得ることができるの」

「成績に、経験か。……あんまり興味ないな」

「なに言ってんのよ、あんたこそ必要でしょ」

花哩が溜息交じりに言う。

「あんた、戦技の授業で大恥掻いたことを忘れたんじゃないでしょうね。あの射撃の腕……留年を覚悟するレベルよ」

ぐうの音も出なかった。確かに、成績のことを考えれば受けた方がいいかもしれない。

『では、記念すべき一回目の特別訓練について説明する。内容は——実戦だ』

「……は？」

その言葉に、翔子は思わず疑問の声を漏らした。

『敵の数は十五体。先日、特務自衛隊が生け捕りにしたEMITS《エミッツ》だ。いざという時はお前たちの飛翔外套《コート》を遠隔操作して、緊急用のバリアを展開するが、この時点でリタイア扱いとなるので注意してくれ』

真剣な顔で、亮は言った。

『なお、さっきも言った通り特別訓練は自由参加だ。不参加によるデメリットは特にない。……これは転入組だけでなく、進学組にとっても初の実戦となる。慎重に判断するように。見学したい班は俺の傍へ来い。参加したい班は一度演習場まで下りて、天銃《バレット》を装備しろ』

参加は班単位になるようだ。班員のうち、誰か一人が見学して残りは参加……とはいかない。

「面白そうじゃない。やるわよ」

「……そう言うと思った」

好戦的な笑みを浮かべる花哩に、綾女は呆れた様子で溜息を吐く。

「ラーラも大丈夫？」

「は、はい、大丈夫です！　……すみません、初回から実戦とは思っていなくて、少しびっくりしていました」

「まあ、そうね。私も予想していなかったわ。例年通りだと、一回目の特別訓練はもっと簡単なものだし。……今年はちょっと過激かもしれないわね」

呟くように花哩が言った。学院側にも何か事情があるのかもしれない。

「翔子、あんたも準備しなさい」

「……おう」

どうやら花哩の中で、翔子が参加するのは決定事項となっていたらしい。

（まあ、いいか……もうちょっと飛んでいたいし）

参加はするが、できるだけ蚊帳《かや》の外で傍観《ぼうかん》しておきたい。

左肩にぶら下げた天銃《バレット》が、とても重たく感じた。

『では、これより――特別訓練を開始する！』

凡《およ》そ二十名の参加者が決定したところで、亮が合図をする。

直後、訓練空域に巨大な結界が張られ、更にその内部に大量のEMITS《エミッツ》が解き放たれた。

EMITS《エミッツ》は小型から大型まで、力が強そうな個体もいれば硬くて攻撃が通りにくそうな個体もいる。その距離は、あっという間に詰められた。

『翔子！　あんたは遠くから援護に徹しなさい！』

「了解」

花哩が通信で指示を出してくると、依々那が瞬時に翔子側の通信環境を整えた。

蛇《タイプ・スネイク》型のEMITS《エミッツ》が傍にいる生徒を長い胴で囲む。すぐに周りにいる他の者たちが、救出するために天銃《バレット》を構えた。

「きゃあぁあぁあぁあぁぁあぁ――――ッ!?」

その時、甲高い悲鳴が聞こえて翔子は思わず動きを止める。

『夏目《なつめ》、アウト』

女子生徒が蠍《タイプ・スコーピオン》型EMITS《エミッツ》の攻撃を受ける直前、強制的にバリアを展開された。

青白いバリアが女子生徒を守り、EMITS《エミッツ》の攻撃を防ぐ。おかげで女子生徒には怪我ひとつないが、代わりに飛翔の速度が著しく低下していた。

どうやらバリアが展開されると、身の安全を確保できる代わりに移動が難しくなるらしい。あれではもう戦えない。

バリアを展開して脱落した女子生徒は、鈍い速度で演習場へと下りていった。

「うわあッ!?」

『冨田《とみた》、アウト』

「やられる――――ッ!?」

『倉石《くらいし》、アウト』

その後も次々と脱落者が現れる。

『無理だと判断したら、リタイアを宣言しろ。すぐにバリアを張ってやる』

亮がそう告げた直後、四、五人がリタイアを宣言した。

生き残った生徒たちの人数は十五人を切ってしまう。

「……っと、俺も援護しないと」

余所見《よそみ》している場合ではない。翔子は天銃《バレット》を構え、銃口を豹《タイプ・パンサー》型のＥＭＩＴＳ《エミッツ》に向けた。

まるで空中を地面のように走り抜ける豹《タイプ・パンサー》型のＥＭＩＴＳ《エミッツ》が、傍にいる生徒を標的に定めて一瞬だけ動きを止める。その隙《すき》に、引き金を引くと――。

『ぎゃんっ⁉』

「あっ」

灰色の弾は、花哩の後頭部に直撃した。

『翔子ォ！　あんたはやっぱり援護しなくていい！』

「な、何をすればいい……？」

『何もすんなっ！』

酷い。わざとじゃないのに。

しかし正直、自分でも何もしない方がいいと思うので、翔子は無言で従った。

（……どうせなら、もっとのんびり飛んでいたかったなぁ）

折角、気分よく飛んでいたのに、急に訓練が始まったせいで高揚感《こうようかん》は冷めつつあった。

花哩たちのように、EMITS《エミッツ》を見たからといって好戦的には中々なれない。彼らの戦いを遠くから眺めていると、少しずつ緊張感が薄れる。

『く……っ!!　混戦が、厄介《やっかい》ね……！』

花哩の苛立《いらだ》つ声が聞こえる。

意識の高い自衛科の生徒にも、流石にいきなりの実戦は厳しかったのか、どこか動きがぎこちない。花哩がEMITS《エミッツ》を狙おうとすると、その射線上に別の生徒が重なってしまう。

『……花哩、一体そっちに追い込む』

『了解！』

綾女が天銃《バレット》の連射で追い込んだ蛇型EMITS《エミッツ》を、花哩が撃ち抜く。

『よし！　一体潰した！』

花哩の放った弾丸が、蛇型の頭を貫いた。

EMITS《エミッツ》は活動を停止し、宙に浮いたまま動かなくなる。

（……皆、凄いな）

訓練が始まって五分も経つ頃には、生徒たちの攻撃がEMITS《エミッツ》に当たり始めていた。

攻撃に参加している生徒の大半が進学組だ。転入組はまだ宙に浮くのが精一杯で、経験を積むため訓練に参加したのはいいが、先程から何もできていない者が多い。それでも天銃《バレット》を構えて、どうにか戦いに貢献《こうけん》できないか試行錯誤している。
(やっぱり……俺に自衛科は、向いていないかもしれない)
空を飛ぶのは好きだ。
それはもう十分すぎるくらい実感した。
だが、どうしても彼らの熱量にはついていけそうにない。
どうしても——EMITS《エミッツ》との戦いに、興味を引かれない。
『しょ、翔子さん！　そっちに一体いきました！』
『私が撃ち落とすわ！』
ラーラの忠告に、花哩が反応する。
しかし、放たれた弾丸はEMITS《エミッツ》の真横を通り抜けた。
『やば、外したッ!?』
豹型《タイプ・パンサー》のEMITS《エミッツ》が素早い動きで接近してくる。
『翔子！　リタイアしなさい！』
耳元で、花哩の焦った声が聞こえた。
しかし翔子は、そんな花哩の指示を無視して——。
「——よっと」
軽々と、EMITS《エミッツ》の突進を避ける。

遠くで花哩が目を見開いた。

「大丈夫だ」

『な、ぅ……ば、馬鹿！　油断してんじゃないわよ！』

今日、飛翔外套《コート》を使ったばかりの翔子がＥＭＩＴＳ《エミッツ》を避けるのは想定外だったのか、花哩は明らかに動揺していた。

『は、花哩さんっ！』

『何!?　って、ちょ――っ!?』

ラーラの声を聞いて、花哩が背後を振り返る。

そこには、飛翔外套《コート》の操作を誤って、花哩目掛けて突撃している生徒がいた。

どん！　と鈍い音と共に、二人は衝突し――青白いバリアに包まれる。

『古倉、アウト』

『今のは私のせいじゃないでしょぉおおぉおおぉおぉぉ!?』

吠《ほ》える花哩。

ぶつかってしまった生徒は非常に申し訳なさそうな顔をしている。

『むぅ……こいつら、微妙に強い』

『し、しかも数が多いので、どうしても討ち漏らしが出てしまいます……！』

綾女とラーラの会話が通信で聞こえる。どうやら進学組も劣勢と判断し始めたらしい。

『篠塚、アウト』

その声が聞こえると同時に、翔子は反射的に振り返った。

(流石に、達揮も万能じゃないか)

見たところ、転入組にしては十分飛べている方だった。しかし幼い頃から浮遊島で空を飛んでいた進学組と比べると、まだ技術が拙《つたな》い。バリアで守られた達揮は、悔しそうな顔で演習場へ下りていった。

その時、達揮が鋭い目つきでこちらを睨んだ。

思わずさっと目を逸らす。

どうも最近、達揮に睨まれることが多い。何かしただろうか……?

などと考えているうちに、また次々と脱落者が出る。

(俺を含めて残り四人。……これ、討伐できるのか?)

ＥＭＩＴＳ《エミッツ》は残り十体。数の利は完全に覆った。

しかも自分は戦力外だ。実質三人で十体を討伐するのは難しいのではないだろうか。

『厳しいようだな』

耳元から亮の声が聞こえる。

『残念ながら、この戦況を覆すのは難しいと判断した。現時点で特別訓練を終了する』

訓練の終了を告げられ、緊張が弛緩《しかん》した。

悔しそうにする生徒もいれば、安堵する生徒もいる。

しかし、訓練終了と言っても……討ち漏らしたEMITS《エミッツ》はどうするのか。まさかこのままでいい筈もない。翔子は演習場にいる亮を見る。

『さて、残ったEMITS《エミッツ》だが……こんな時のためにも、スペシャルゲストを用意している』

亮がそう告げた直後――黄金の光がEMITS《エミッツ》の頭上から降り注いだ。

一瞬で二体のEMITS《エミッツ》が塵《ちり》と化す。その光景を、翔子は見たことがあった。

『……わお』

『ま、まさか……!?』

綾女とラーラの驚いた声が聞こえる。他の生徒たちも、目を見開いて驚愕していた。

訓練空域に一人の少女が下り立つ。切れ長の瞳に、絹《きぬ》のように艶《つや》やかな黒の長髪。白磁《はくじ》のようにきめの細かい肌に、華奢《きやしゃ》で女らしいその体軀《たいく》。

『紹介しよう。金轟こと、篠塚凜《りん》だ。……特別訓練に参加した生徒たち。ここまで粘った報酬だ。英雄の戦い方を、特等席でじっくりと見学しておけ』

生徒たちの歓声が空に響いた。

自衛科の生徒たちにとっては、まさに憧れの相手。この国に生きる者にとっては、空の平和を象徴する存在と言っても過言ではない。そんな英雄の登場に多くの者が興奮する。

英雄、篠塚凜は――鋭くＥ《エ》Ｍ《ミ》Ｉ《ッ》Ｔ《ツ》Ｓを睨み、銃を構えた。

◆

凜とＥ《エ》Ｍ《ミ》Ｉ《ッ》Ｔ《ツ》Ｓの戦闘が始まったことを確認して、亮は漸《ようや》く一息吐くことができた。

「ふぅ……取り敢えず、これでもう安心だな」

伊達《だて》に英雄と呼ばれているわけではない。凜は鮮やかな手腕でＥ《エ》Ｍ《ミ》Ｉ《ッ》Ｔ《ツ》Ｓを次々と倒していった。後数分もすれば、敵の殲滅が完了するだろう。

（理事長の無茶振りにも困ったもんだが……まあ、結果オーライってとこだな）

まさか初回の特別訓練で実戦をするとは思わなかったが、生徒たちの様子を見る限り、それなりの効果はあったように感じる。生徒たちはＥ《エ》Ｍ《ミ》Ｉ《ッ》Ｔ《ツ》Ｓの脅威を理解して気を引き締め、更に英雄の戦いぶりを目の当たりにすることで向上心も手に入れた。

「せ、先生！　あっちにいる生徒が……っ!!」

「ん？」

生徒の声を聞いて、亮は空を仰ぎ見る。

視線の先には美空翔子がいた。相変わらず無気力な顔をしているが……その周りに、いつの間にか複数のＥ《エ》Ｍ《ミ》Ｉ《ッ》Ｔ《ツ》Ｓがいる。

――狙われている！

瞬時に状況を把握した亮は、全身から冷や汗を垂らした。

「やべぇな、あんだけ狙い撃ちされていると、バリアが保つかどうか……っ!?」

焦燥《しょうそう》に駆られた亮は、すぐに金轟へ通信を繋げた。

「金轟！　後ろで囲まれている生徒がいる！　そいつを守ってくれ！」

通信で凜に向かって叫ぶ。

すると凜は、ＥＭＩＴＳ《エミッツ》と戦いながら翔子の方を一瞥《いちべつ》し――。

『彼は、大丈夫』

「だ、大丈夫って……」

『彼なら、大丈夫』

短く告げて、凜は再び目の前のＥＭＩＴＳ《エミッツ》との戦闘に集中した。

困惑する亮を他所《よそ》に、凜は柔らかく微笑《ほほえ》んだ。

◆

次々とＥＭＩＴＳ《エミッツ》を倒す凜の姿を見て、翔子は懐かしい気分になった。

（……流石、英雄だな）

自分はあの英雄に命を救われたのだと、改めて実感する。

成る程、これは憧れの的になってもおかしくない。あの時も今も、凜から感じる頼もしさは尋常ではなかった。

とにかく――これで訓練は終了した。漸く肩の力を抜くことができる。

安堵に胸を撫《な》で下《お》ろしていると、

(うわ……こっち来た)

複数のEMITS《エミッツ》が自分に向かって接近していることに気づいた。

動きが素早い豹《タイプ・パンサー》型や、動きが読みにくい蛇型など、凜から逃げてきたEMITS《エミッツ》たちが翔子を標的に定める。

(折角、人がいい気分で飛んでいるのに……)

足元から迫る蛇型の突進を、紙一重で避ける。

次いで、横合いから豹《タイプ・パンサー》型の爪が迫る。翔子は一瞬だけ浮遊を止め、重力に従って落下することでそれを避けた。鼻先を爪が通過した直後、再び滑空する。

(なんだ――思ったより鈍いな)

それなら、もうちょっと長く飛んでもいいかもしれない。

一応、遠くにいる凜を一瞥した。

戦いに集中しており、とても助けを呼べそうにない。

助けを呼べないなら仕方ない。

もうちょっとだけ飛んでいよう。

蠍《タイプ・スコーピオン》型のEMITS《エミッツ》が尾を突き出してくる。

シュルリ、と宙で身体を捻ってそれを避ける。

（もっと長く……）

降り注ぐ日の光が心地良い。

そう思いながら、豹《タイプ・パンサー》型の突進を避けた。

蛇型の尾が横薙ぎに振るわれる。

軽く身体を倒してそれを避けると、蠍《タイプ・スコーピオン》型の鋏《はさみ》が目の前から迫ったので、少し上昇して避けた。

（もっと、長く――――）

◆

「……嘘だろ」

その光景を目の当たりにして、亮は愕然《がくぜん》としていた。

「すげぇ……」

「いつまで、避けているんだ……？」

翔子の飛翔を見て、誰もが目を剝《む》いて驚く。

蛇の攻撃を避け、蠍の攻撃を避け、豹の攻撃を避け、いつの間にか接近していたらしい蛙《タイプ・フロッグ》型や蟻《タイプ・アント》型の攻撃もひらすら避け続ける。

焦っているのかと思えば、まるでそうは見えない。

翔子はいつも通りの、ぼーっとした顔で延々とEMITS《エミッツ》の攻撃を避け続けていた。

（あいつ……今日、初めて空を飛んだんだよな……？）

その動きは既に熟練者の域に達している。

初心者とは思えない。

EMITS《エミッツ》の攻撃は、そう簡単に見切れるものではない筈だ。図体《ずうたい》こそ大きいが、その移動速度は時速一〇〇キロを優に超えることすらある。更に、空中では前後左右だけでなく上下の方向も注意しなくてはならない。

にも拘らず、翔子は難なくEMITS《エミッツ》の攻撃を避け続ける。

脅威とすら感じていないのだろう。だから包囲網を抜け出そうとしない。——一歩間違えれば大事故に繫がってしまうあの包囲網の中で、延々とEMITS《エミッツ》の攻撃を避け続けている。

（あいつの眼には、何が見えているんだ……？）

美空翔子から、得体の知れない何かを感じ取る中――。
「翔子、上ッ!!」
花哩が叫ぶ。
見れば、蟻型《タイプ・アント》のEMITS《エミッツ》が翔子の頭上から迫っていた。
花哩の声に気づいたのか、翔子は下に逃げようとするが――。
（やばい！　挟み撃ちだ！）
真下からも豹型《タイプ・パンサー》のEMITS《エミッツ》が迫っている。
翔子は既に急降下している。この速度では横に逸れて逃げることもできない。
亮はすぐに翔子に通信を繋げた。
「美空！　身体を丸くして衝撃に備えろ！　すぐにバリアを張る！」
『……大丈夫です』
焦燥する亮とは裏腹に、翔子は落ち着いた声音で返した。
恐怖も危機感も、全く感じさせないその声を聞いて、亮は驚きのあまり硬直する。
『確か、あの時……』
ブツブツと、よく分からない小さな呟きが聞こえる。
『篠塚凜は、こんな感じで――』
亮には知《し》る由《よし》もないが、翔子は二ヶ月前のことを思い出していた。

廃ビルの屋上から落ちた時、篠塚凜が見せた、その飛翔。

確か、彼女は、まるで宙を蹴るかのように――。

『ほっ』


――次の瞬間、翔子は空を蹴った。


「…………は？」

誰しもが目を剝いた。

急降下する翔子に対し、上下から迫るＥＭＩＴＳ《エミッツ》。

黒い不気味な化け物が、翔子を押し潰すと思われた、次の瞬間。

――翔子は、空中を蹴っ、て、回避した。

飛翔外套《コート》は危険防止のために、速力がある程度制限されている。特に初速に関しては不注意による事故も多発しているため、多くの制限が課せられていた。

だが翔子は今、その制限下では有り得ない速度でＥＭＩＴＳ《エミッツ》を回避してみせた。

急降下の途中、身体を縦に百八十度回転させた翔子は、その両足で空を蹴り、斜め上方へ弾き飛ばされたかのように飛翔する。

その急な方向転換に、二体のＥＭＩＴＳ《エミッツ》は全く反応できていない。

「今のは、まさか……」

動揺を抑えきれず、亮が呟く。

同時に、少し離れたところでは花哩も目を見開いて驚愕していた。

「《ステップ》……飛翔外套《コート》を用いた、アーツのひとつ」

飛翔外套《コート》は使いこなすことで、ただ空を飛ぶだけでなく様々な技が可能になる。

それがアーツだ。

アーツはこの空という戦場において、非常に実戦向きの技術であるため、特務自衛隊にもこれを主な武器として戦っている者がいる。達揮を推薦した銀閃が代表的だ。

しかしアーツは本来、飛翔外套を完璧に使いこなした者のみが習得できる高等技術だ。

先程、初めて飛んだばかりの少年が、すぐに覚えられるものではない。

教師の亮ですら――不可能な技だ。

(有り得ねぇ……初心者が、アーツを使えるなんて有り得ねぇ……ッ!!)

上下から翔子を追い詰めていた二体のＥＭＩＴＳ《エミッツ》は、突如、標的を見失ったことで混乱し、そのまま衝突する。

直後、金色の弾丸がＥＭＩＴＳ《エミッツ》を貫いた。

全てのＥＭＩＴＳ《エミッツ》を倒した凜が、ゆっくりと翔子に近寄る。

青空と太陽を背にしたその二人を見て、亮は不思議な感覚に陥った。

――英雄。

すぐ傍で肩を並べるその二人は、どこか眩《まぶ》しくて――手の届かない領域にいるような気がした。

美空翔子と篠塚凜。

青い空で悠然と並び立つ二人に、誰もが呆然《ぼうぜん》とする中――。

「翔子……ッ！」

金轟の弟。

篠塚達揮だけは、憎悪を込めた瞳で翔子を睨んでいた。

◆

EMITS《エミッツ》を全て倒した凜は、すぐ傍にいた翔子の方を見た。

「久しぶりね」

「えっと……はい」

凜の挨拶に、翔子はすぐに返す。

足元では、演習場で待機している生徒たちが何やら盛り上がっていた。

「あの、俺を浮遊島に推薦してくれてありがとうございます」

翔子はまず礼を述べ、

「でも、できれば自衛科ではなく普通科に行きたかったです」

「そうだと思った」

本音を伝える翔子に、凜は何故か笑みを浮かべる。

その笑みの意味は何なのか、翔子には理解できなかった。

「どう？　この空は？」

「……おかげさまで、楽しんでいます」

「そう。よかった」

凜は小さく頷いた。

「アーツ、もう使えるようになったのね」

「アーツ？」

「空を蹴るやつよ」

「ああ……この前、篠塚さんがやっていたのを見たので、真似しました」

一度見たので真似をした――その程度の認識でアーツが使える人間なんて、滅多にいない。

けれど凜は、そんな翔子の才能を指摘するような真似はしなかった。

「凜でいいわ」

「え？」

「私のこと、凜って呼んで。弟とかぶるでしょ？」

正直その通りだったので、翔子は「じゃあ」と承諾する。

「この先、きっと貴方《あなた》は色んなことに巻き込まれると思う」

広々とした空を映す瞳で、凜は翔子を見つめて言う。

「でも、どんなことがあっても、この空だけは変わらない」

実感を込めた声音で、凜は続けた。

「だから――裏切らないであげて」

そう言って、凜は踵《きびす》を返した。

# 第四章　小さな火種

SLEEPING ACE OF THE
FLOATING ISLANDS,
ENJOYS CADET
SCHOOL LIFE

飛翔外套《コート》を与えられ、空を飛ぶことが許された翌日。

「浮遊島、最高」

翔子《しょうご》は仰向けになり、温かな日光を浴びながら飛行していた。

「なーにが、最高よ。もうちょっとシャキッとしなさい。今は授業中よ？」

花哩《はなり》の指摘に、翔子は気の抜けた返事をして通常の飛行姿勢に戻った。

昨日に続き、今日も飛翔技術《ひしょう》の授業があった。転入組が未《いま》だ飛翔に手間取っている中、翔子は自由気ままに、まるで流れるプールに身を委《ゆだ》ねるかのように空を滑る。

「……でも、凄《すご》い。翔子、飛ぶのが上手《うま》い」

「わ、私もそう思います。仰向けの飛行って意外と難しいですし。な、なんていうか、ぎこちなさも全然なくて……い、いつの間に、こんなに上手く飛べるようになったんですか？」

質問に答えるべく翔子はラーラの方を見る。するとラーラは「ひっ」と小さな悲鳴を上げて綾女《あやめ》の陰に隠れた。

怖いなら何故《なぜ》、質問してきたのだろうか……翔子は複雑な顔をする。

「いつと言われても……昨日の放課後か、今朝の散歩くらいしか思いつかないけどな」

そう答えると、綾女がじっとりとした目で睨《にら》んできた。

「……早朝五時に起きて、ぶっ続けで二時間飛ぶことを、散歩とは言わない」

「き、昨日の放課後も、日が暮れるまでずっと飛んでいましたよね。……ば、晩ご飯を食べた後も、すぐに外へ出ていましたし……ど、努力家です」

「努力家と言うより……中毒」

中毒と言われてもおかしくない。そのくらい翔子は、時間さえあれば空を飛んでいる。

しかし、上達のためではなく好きで飛んでいるため、成長の実感は全くなかった。

「二人とも駄目よ、コイツを甘やかしたら。射撃センスが皆無であることを考慮すれば、翔子の価値は今、プラマイゼロ。ここから増やさなくちゃならないわ」

そう言って花哩は翔子を睨《にら》む。

「で、でも翔子さんは、アーツを使えますし……」

「む……まあ、それだけは認めるしかないわね」

ララの発言に、花哩は渋々といった様子で告げた。

「アーツって、そんなに便利なのか？」

「便利どころじゃない。とにかく、凄いのよ」

花哩が溜息《ためいき》交じりに言う。

「あんた、アーツについてちゃんと調べてきた？」

「ああ、しつこく勉強しろって言われたからな」

「私が言わなくても調べなさい」

この男……私が言わなかったら本当に何も調べなかったな。花哩は内心でそう思った。アーツは飛翔外套《コート》を使いこなすための高等技術だ。それを偶然とはいえ発動できたのだから、普通はもっと興味を持つはずである。

しかし翔子は、あまり興味なさそうな様子だった。

「確か、全身を覆っているエーテル粒子を、身体の動きと連動するように操作することで発動するんだよな。エーテル粒子の流動を意識して、素早く、正確に思念を送るとか……」

「そう。それを実現するためには、まず飛翔外套《コート》を徹底的に使いこなす必要がある。そうしてエーテル粒子の存在を、感覚的に捉えることができるようになって、初めてアーツ習得の入り口に立つことができるわ」

花哩は翔子の説明を補足するように語る。

「……でも、あんたはそれを、初心者なのに使える」

花哩は真《ま》っ直《す》ぐ翔子の瞳を見た。

「信じられないけど、あんたは既に、エーテル粒子を感覚的に捉えることができるのよ。きっとそういう才能を持ってるんだと思う」

「はぁ」

「はぁ……って、その返事は全然自覚してないわね」

花哩は額に手をやった。

眉間の皺《しわ》を揉《も》みながら、花哩は口を開く。

「いい？　この島において、上手に飛ぶということは他の何よりも重要なことよ。それさえあれば特務自衛隊や特区警察にも一目置かれるし、学院での成績も高くなりやすいわ」

「へぇ」

「幸いあんたには飛翔の才能がある。なら、それを伸ばさない手はないわよ」

「ふぅん」

「……あんた、聞いてる？」

聞いてる、と翔子は頷《うなず》いた。

聞いてはいるが殆《ほとん》ど頭には入っていなかった。特務自衛隊も、特区警察も、学院の成績も興味がない。

ついでに言うと、翔子は他のことを考えていた。

昨日からずっと悩んでいることだ。

——裏切らないであげて。

昨日、篠塚凜《しのつかりん》に告げられた言葉。

あれは、誰を裏切らないでと言っていたのだろうか。

仲間を？

浮遊島を？

それとも自分を？

或《あ》いは——空を？

「じゃあ、飛翔の練習を再開するわ」

翔子の思考を、花哩の言葉が遮った。

「翔子は辺りを水平飛行で十周してきなさい。今は速さよりも安定した速度の維持を意識するのよ。……それとアーツの練習も忘れないで。発動できることと使いこなすことは別物だから、どんどん練習しなさい」

「分かった」

翔子は早速、花哩の指示通り演習場の傍《そば》を周回する。

やはり、空を飛ぶこと自体は楽しいのだろう。

翔子は先程よりも活《い》き活《い》きとしていた。

「あっちのルーキーも、恐るべき速度で上達しているわね」

花哩が翔子から視線を外す。

少し離れたところでは、達揮《たつき》が班のメンバーたちと共に必死に飛翔の練習をしていた。

「ん。……流石《さすが》、金轟《こんごう》の弟。戦技の方も優秀だし、隙《すき》がない」

綾女も達揮の上達には感心を示した。

それでも――空を飛ぶことに関してだけは、翔子の方が圧倒的に上手い。

「あ、あの」

その時、先程から黙っていたラーラが遠慮がちに声を発する。

「その……翔子さんが今、練習しているアーツって、《ステップ》ですよね？」

「そうよ。空中を蹴ったり跳ねたりするアーツね」

「そ、それって、足を怪我《けが》している翔子さんが、使ってもいいんでしょうか……？」

訥々《とつとつ》とラーラは告げる。

その意見を聞いて、花哩の顔は……みるみる青褪《あおざ》めた。

「しょ、翔子、聞こえる!?」

飛翔外套《コート》の通信機能を利用して、花哩は遠くで飛んでいる翔子を呼ぶ。

『聞こえてる。今、五周目だ』

「い、いったんこっちに来て！」

花哩が焦りながら言う。

暫《しばら》くすると、翔子が不思議な顔をしながら戻ってきた。

「どうかしたのか？」

「あ、あんた、そういえば足を怪我しているのよね？　その……本当にごめんなさい。今更だけど、もしかしたら《ステップ》は、足に負荷をかけるかもしれないわ」

アーツ《ステップ》は、空中を地面と同じ要領で蹴るテクニックだ。それは足を怪我して走ることができない翔子にとって、使うべきではない技かもしれない。

「言われてみると、そうかもしれないが……」

翔子は釈然としない様子で考え込む。

「……実際、使ってみて何も感じなかった？」

考え込む翔子に綾女が訊《き》いた。

「ああ、何も感じなかった筈《はず》だが……ちょっと試してみる」

そう言って、翔子は花哩たちから距離を取った。

翔子は真っ直ぐ急降下する。

二十メートルほど落下を続けた翔子は、次の瞬間に身体を反転し、両足を突き出した。

翡翠《ひすい》の外套《がいとう》が翻ると同時に、翔子は宙を蹴って真上に方向転換した。

――《ステップ》だ。

「微妙だな。走る時と比べれば負荷は少ないが……全くないと言えば嘘《うそ》になるか」

平然と傍に戻ってきた翔子は、顎に指を添えながら自己分析を行っていた。

「……さらっと、使うわね」

そんな翔子に花哩は複雑な面持ちをする。

当然だ。

この場でアーツを使えるのは、翔子のみ。

花哩も、綾女も、ラーラも……長い間、浮遊島で生活しているが、それでもアーツは使えない。それほどの高等技術なのだ。

アーツは、喉から手が出るほど欲しいと願っていても、手に入らないことが多い。

事実、花哩は特務自衛隊のエースを目指しているためアーツの習得を目指していたが、どれだけ努力しても習得できる兆しが全くなかったので今は諦めている。

「……翔子は一度、保健室に行った方がいい」

綾女が冷静に告げた。

「手遅れになる前に専門家に相談するべき。放課後になったら保健室に行って、《ステップ》を使っていいかどうか訊いてきて」

「……分かった」

真面目《まじめ》に告げる綾女に、翔子は頷いた。

◆

放課後。

教室の窓から空へ飛び立った翔子は、保健室へと向かった。

学院の窓は、飛翔外套《コート》で出入りするために敢《あ》えて大きめに作られている。学生寮にも同じように大きめの窓が設置されており、浮遊島の住居の殆どには、それぞれ歩行用と飛翔用、二つの出入り口が作られていた。

(……そういえば、保健室の場所を知らないな)

一度教室に戻って誰かに訊くべきかと考えたが、すぐに別案を思いつく。

こんな時のためのサポートアバターだ。

「依々那」

万能端末《ナビ》の画面を開き、アバターの名を呼ぶ。

すると画面の右端から、ゆっくりと狐娘《きつねむすめ》が現れた。

『はい……鬱陶《うっとう》しくて、口煩《くちうるさ》い依々那でございます……』

先日の飛翔技術の時、ろくに構ってやらなかったせいか、ずっとこの調子である。

正直、面倒極まりないが……背に腹はかえられない。これでも彼女は便利なのだ。

「依々那。昨日は悪かったから、そろそろ機嫌を直してくれ」

『……どうせ依々那は鬱陶しいアバターでございます。気に食わなければ、いっそ一思《ひとおも》いに消せばいいじゃないですか。所詮《しょせん》、依々那は、口煩いアバターでございます……』

「そんなこと言うなって。お前がいないと、色々不便だろ」

『不便って……なら、別のアバターを作ればいいじゃないですか』

「金がない」

『……そこで正直に答える辺り、流石ですご主人様』

しまった。

つい、本音を言ってしまった。

『あー！　はいはい！　もういいですよ！　ご主人様がそういう性格なのは十分知ってお りましたとも！　で、私はご主人様を保健室に案内すればいいんですねっ!?　はいどう ぞ!!　この経路で進んでくださいましっ!!』

「仕事が早いな。助かる」

憤慨《ふんがい》しながら仕事を瞬時に済ませる依々那に、翔子は感心する。

本当に感情豊かなアバターだ。とてもプログラムで動いているとは思えない。

浮遊島の空には、幾つもの誘導ラインが引かれている。肉眼では認識できないが、飛翔外套《コート》が展開する網膜上のスクリーンがあれば視認できるものだ。依々那の案内は、この経路に色をつけるものだった。通常が黄色のラインに対し、一本だけ橙《だいだいいろ》色のラインがある。

案内通りに飛翔する。

視界の端で、速度メーターが時速二十キロを示していた。

天防学院《てんぼうがくいん》は広々とした演習場が設置されている関係もあり、校舎が広い。保健室は高等部の校舎から少し離れた位置にあった。

『しかし、ご主人様。たった一日で随分と飛べるようになりましたね』

「そうか？」

『通常なら、体勢を崩さず浮遊できるようになるまで半日。そこから水平飛行で移動できるようになるまで、また半日。今みたいに、自由自在に飛行できるようになるまでは、一週間から一ヶ月近くかかると言われております』

「それは流石に大袈裟《おおげさ》だろ。花哩たちも、そんなことは言ってなかったぞ」

『あの方々は長い間、浮遊島にいるせいで感覚が麻痺《まひ》しているんですよ。正直、飛翔に関しては、ご主人様は歴代でも最高レベルの才能を持っているかと思われます』

「そうか」

適当に相槌《あいづち》を打ちながら、のんびりと保健室へと向かった。

空を飛ぶことは楽しいが――勝ち負けや優劣には興味がない。だから、才能を持っていると言われても、いまいち嬉《うれ》しいとは思わなかった。

その時、不意に――奇妙な感覚に襲われる。

「……ん？」

ゆっくりと視界が広がっていくような、不思議な感覚が訪れた。

視界の端から端まで、何故かいつも以上に鮮明に見える。

ＩＴＥＭ《アイテム》が特殊なモードを起動したわけではない。唐突な出来事に、翔子はつい飛行を止めた。

『どうかしましたか、ご主人様？』

依々那に呼びかけられた直後、その不思議な感覚は終わりを迎えた。

広がっていた視界が一瞬で元に戻る。

「……いや、なんでもない」

僅《わず》かな閉塞感を覚えつつ、翔子は飛行を再開した。

『あ、そう言えばご主人様。先程こんな速報が流れていました』

依々那が告げると同時に、画面の端に緊急ニュースのテロップが現れた。

「……ＥＭＩＴＳ《エミッツ》か」

島から離れたところで、特務自衛隊がＥＭＩＴＳ《エミッツ》と交戦し、撃退したらしい。

こちらは訓練ではなく、正真正銘、本物の戦争だ。

実際のＥＭＩＴＳ《エミッツ》との戦闘は、大抵、浮遊島から離れたところで行われる。島から肉眼で見える距離にＥＭＩＴＳ《エミッツ》がいる場合、特務自衛隊の防衛網が破られたことになるので、かなりの緊急事態だ。

『ご主人様も、いつか本当の意味でＥＭＩＴＳ《エミッツ》と戦う時が来るかもしれないですね』

「そうなったら俺たちは心中だな」

『そうならないためにも努力を継続してください！』

依々那が怒鳴る。

『着きましたよ、ご主人様』

依々那の声に「ああ」と返事をした翔子は、ゆっくりと降下し、飛翔外套《コート》の電源を切った。

◆

「失礼します」

保健室の扉を開くと、そこには紫髪の女性がいた。

「おや、君は……美空《みそら》翔子か」

黒いスーツをきっちりと纏《まと》った女性が、思い出したかのように翔子の名を口にする。

見覚えのある女性だ。しかし、名前が出てこない。

そんな翔子の心情を見透かしたかのように、女性は微笑した。

「大和静音《やまとしずね》だ。この学院の理事長を務めている。……君のことは娘から聞いているよ」

名を聞くと同時に思い出した。入学式の時、壇上にいた人物だ。

「娘？」

「おや、聞いていないのかい？　大和綾女は私の娘だ」

初耳だ。驚愕《きょうがく》する翔子に、静音はクスクスと笑みを浮かべた。

「保健室に何か用かね。生憎《あいにく》、今は担当者が不在なようだが……私も特自の関係者だ。簡単な怪我の処置くらいならしてやれるぞ」

「ああいえ、怪我ではなく、少し相談があって……」

「相談？」

少々予定とは異なるが、相手は天防学院の理事長だ。相談してみるのも良いかもしれない。

「実は――」

翔子は簡潔に、自分の容体について説明した。

陸上部だった頃に足を怪我してしまい、走れなくなったこと。その状態で《ステップ》を使用していいのか疑問に思っていること。

全ての話を聞いた静音は、腕を組んで考える。

「成る程、足の怪我か。……少し触診させてもらっても？」

翔子が頷く。静音は翔子に、ベッドへ腰掛けるよう促した。

静音は膝をつき、翔子のふくらはぎと膝を両手で指圧した。

「痛みは？」

「大丈夫です」

「ふむ。あまり酷《ひど》い症状ではないようだが、油断はしない方がいいな」

そう言って、静音は翔子の足から手を離す。

「君が懸念した通り、《ステップ》は空中を走るテクニックだ。地上を走れない君が、安易にそれを使うべきではないだろう。今後は使用を控えたまえ」

「……分かりました」

残念なことだが、仕方ないだろう。

「しかし……まさか初の飛翔でアーツを使用するとは。末恐ろしいルーキーだな」

「……そうですかね」

「アーツは浮遊島に十年以上住んでいる者でも、その殆どが使用できないテクニックだ。特務自衛隊でもアーツを使える者は、それだけで一目置かれる。……もっと自信を持つといい。君ならば特務自衛隊や特区警察でも、エースになれる可能性がある」

似たようなことを花哩も言っていたな、と翔子は思う。

だが、その称賛は翔子にとって息苦しかった。

——エース。

その単語に、胃の内側が痛む。

その肩書きには——あまりいい思い出がない。

「さて、他に用はないかい？　転入組の君に一つ注意を促しておくが、EMITS《エミッツ》との交戦が確認された日はなるべく寄り道しないで寮に帰るといい。きっと今頃、私の娘も君の帰りを待っている筈だ」

静音は冗談交じりに言う。

立ち上がった彼女へ、翔子はふと疑問を口にした。

「あの。EMITS《エミッツ》って、何処《どこ》から来てるんですか？」

EMITS《エミッツ》の出現はいつも唐突だ。先日の抜き打ち訓練は映像だったが、二ヶ月前に襲われた時は、サイレンが響くと同時に急にEMITS《エミッツ》の姿が見えた。

あの恐ろしい化け物《ばもの》たちは、何処から来ているのだろうか。

「それはまだ解明されていない。恐らく空気中に存在するエーテル粒子が、何らかの作用によってあの形に凝固し、意思を持つのだろうが……詳しいメカニズムは不明だ」

静音は顎に指を添えながら答える。

「EMITS《エミッツ》が浮遊島を襲う理由については、知っているかい？」

「授業で教わりました。EMITS《エミッツ》はエーテル粒子を糧にするから、粒子が集まっている浮遊島を襲うと。……海中の塩を餌《えさ》にする動物が、製塩プラントを襲うようなものですよね」

「面白い表現だ。君はのんびりしているように見えるが、実は考えることが得意なタイプだね」

「どうも。……あんまりそんなことは言われませんが」

「得意ではあるが、説明するのは面倒臭いんだろう？　だから口数は少ない方だと見た。あっているかね？」

さぁ、と翔子は適当に相槌を打った。

ほんの少しだけ——不快感を覚える。

無遠慮《ぶえんりょ》に踏み込んでくるその視線と言葉を、翔子は苦手に感じた。

「君は私の娘と似たタイプのようだな」

静音はどこか面白そうに言った。

「話を戻そう。……先程の表現には一点だけ誤りがある。浮遊島は別に粒子を製造しているわけではない」

人差し指を立てて静音は言う。

「エーテル粒子は一定以上の高度でしか効果を発揮しない。そのため、EMITS《エミッツ》も地上に近づけば近づくほど弱くなる。これは知っているな？　……ならEMITS《エミッツ》が最も猛威《もうい》を振るう高度は、どのくらいだと思う？」

「それは……多分、浮遊島よりも高い場所ですよね」

「そうだ。最新の研究によると、高度二万メートルほどだと言われている」

EMITS《エミッツ》はいつも浮遊島の上から来る。

下から昇って来た例は過去に一度もないそうだ。

「つまり、だ。EMITS《エミッツ》はエーテル粒子を喰《く》うためとはいえ、わざわざ自分たちが不利になる高度まで下がって来ているんだ。……製塩プラントは地上に作るものだ。海中の動物が地上に出てそれを狙うのは、まさに命懸けの所業と言える。これはEMITS《エミッツ》と通じるところがあるな」

そう説明した後、静音は唇で弧を描いた。

「違和感があるだろう？　そこまでして浮遊島を襲う必要はあるのか……そう思わないか？」

まさに翔子は今、そう思っていた。小さく首を縦に振る。

「実は、EMITS《エミッツ》が浮遊島を襲う理由については、別の説もある。……そもそもエーテル粒子は人類が生み出したものではなく、発見したものだ。我々はそれをあたかも自然界に最初から存在していたかのように捉えているが……この前提が間違っているかもしれない。エーテル粒子は、もしかすると――何者かの落とし物かもしれないのだ」

静音の瞳が怪しげに光ったような気がした。

「その何者かが、EMITS《エミッツ》だと言うんですか？」

「そうだ。我々はEMITS《エミッツ》が偶々《たまたま》落としたものを、偶々拾うことに成功し、それを運用している。EMITS《エミッツ》は落とし物を取り返しに来ているだけだ」

敢えて抽象的な表現をしているのか、それとも翔子には伝えられない何かがあるのか。

その答えは、静音の様子からは察することができない。

「もしこの説が正しければ、EMITS《エミッツ》は少なくとも好きで浮遊島を襲撃しているわけではない筈だ。EMITS《エミッツ》がどこから来ているのかという君の質問に対しても、少なくとも此処《ここ》ではないという回答を与えることができる。……EMITS《エミッツ》は本来なら、我々とは全く別の世界に存在する生き物だったのかもしれない。遙《はる》か上空か、それとも違う星か……」

壮大な話を聞いて、翔子の思考は処理能力の限界を迎えた。

混乱する翔子に、静音は「ふふっ」と笑みを零《こぼ》した。

「あまり真に受けるな。今のはただの空想だ。説と言っても支持者は少ない」

そう言って静音は、改めて翔子を見る。

「ところで、足以外に痛む場所はないか？」

「足以外、ですか……？」

「高山病の一種でね、この島に来たばかりの人は、偶に身体の何処かに違和感を覚えることがあるんだ。場合によってはそれが悪化する恐れもあるから、早めに相談した方がいい」

聞いたことのない症状だが、心当たりがあった翔子は話すことにした。

「そう言えば、少し目に違和感があります」

「目か。どういう時にそれは感じる？」

「空を飛んでいる時です。急に、視界が広がるような……」

あの時の感覚をどう説明すればいいか、頭を悩ませていると——。

「翔子」

保健室の入り口から声がした。振り返り、翔子は目を丸くする。

「綾女？　どうしてここに」

「帰りが遅いから迎えに来た」

そう言って綾女は翔子の傍までやって来る。

綾女が鋭い目で静音を睨んだ。静音はその鋭利な視線に動じることなく、微笑する。

「私も用事があったことを思い出したから、今日はこれでお開きにしよう。……美空。君の目についてだが、そちらは気にする必要はない。悪いものではないから安心するといい」

静音は保健室の棚から薬品らしきものを取りだし、ポケットに入れる。

そのまま保健室を出ようとする静音へ、綾女は小さな声で問いかけた。

「……理事長は、また例の場所へ？」

綾女は、静音のことを母とは呼ばず、その肩書きで呼ぶ。

「ああ。お前も来るか、綾女？」

「……あんな悪趣味な場所に人を誘うとか、どうかしてる」

その言葉に、静音は笑みだけを返して保健室を後にした。

遠ざかる足音がやがて聞こえなくなった頃、綾女は翔子の顔を見る。

「翔子。あの女には、あまり近づかない方がいい」

「あの女って……その、綾女の母親なんだよな？」

「母親らしいことなんて、生まれて一度もされていない。……あの女は紛《まご》うことなき奇人。意味もなく人を惑わす悪女。……何か変なことはされなかった？」

心配そうに訊く綾女に、翔子は少し考えてから答えた。

「身体を弄《いじ》られた」

「…………………」

「すまん、冗談だ」

身体を触られたことは事実だが、医療目的であるため変なことではない。

綾女の瞳に殺意が込められたので、翔子は瞬時に謝罪した。

直後、脛《すね》を蹴られる。

「言っていいことと悪いことがある」

「……申し訳ない」

脛を擦りながら翔子は改めて謝罪する。

「で、《ステップ》は使えるの？」

「いや……保健室の担当者が不在だったから理事長に相談したんだが、《ステップ》の使用は控えた方がいいとのことだ」

「……あの女は、そういうことでは嘘を吐《つ》かない。癪《しやく》に障るけど信じた方がいい」

険悪な仲と思わせつつも、なんだかんだ綾女は母のことを理解しているようだ。

そのまま二人で保健室を出たところで、翔子の万能端末《ナビ》に通信が入る。

花哩からだ。

『翔子？　ちょっと訊きたいんだけど、ラーラを見てない？』

「ラーラ？　いや、見てないが……何かあったのか？」

『買い出しに行ったんだけど、中々帰ってこないのよ。……あの子、気弱なわりに目立つ見た目をしているし、トラブルに巻き込まれることもあるから、少し心配なのよね』

「……分かった。寮に戻る前に、少し捜してみる」

通信を切断し、翔子は綾女の方へ向き直った。

「ラーラが買い出しから中々帰ってこないみたいだ」

「……この歳《とし》で、迷子《まいご》とは」

やれやれといった様子で綾女は肩を竦《すく》める。

「翔子は西側を捜して。私は東を捜す」

「了解」

◆

綾女と別れ、ラーラを捜しに空を飛ぶこと数十分。

『ご主人様、あちらを』

依々那がそう告げると同時に、翔子の視界がズームされる。数十メートル先。浮遊島の商店街から少し離れた位置にて、目当ての人物を発見した。

「なぁ、いいじゃんかよぉ。俺らこの辺に詳しいぜ？」

「そうそう。オススメの観光地とか教えてあげるからさ、一緒にお茶とかどう？　ていうか君、日本語うまいね。もしかして留学生だったりする？」

「えぇと、その、あの……あ、あぁ……うぅ……っ」

どうもトラブルに巻き込まれているようだ。

翔子は顔を顰《しか》めつつ、柄の悪い二人の男に絡まれているラーラへ近づいた。

「ラーラ」

「しょ、翔子さんっ!?」

名を呼ばれたラーラが跳び上がるように驚愕する。泣き出しそうだったその顔は、途端に救世主を見たかのように綻《ほころ》んだ。

「なんだぁ、お前？」

ラーラの両脇に立つ二人の男が翔子を睨む。

翔子は内心で面倒臭さを感じつつ、声をかけた。

「すみません。その人、連れなんで……」

「おう、んで？　だからなんだよ？」

「えぇ……」

強メンタルすぎる。退いてくれないことに翔子は困惑した。

ラーラは飛翔外套《コート》を身に纏っていない。ここまで徒歩で来たのだろう。

彼女の片手には買い物袋がある。買い出しは終わった後のようだ。

話し合い。

逃亡。

それとも放置。

どれを選ぶべきか……逡巡《しゅんじゅん》した翔子は、やがて決断した。

「あー、じゃあせめて、その買い物袋だけは貰《もら》ってもいいですか？　それがないと夕食作れないんですよ。いやー、もう腹減っちゃって」

「しょ、翔子さんっ!?」

「受け取ったらすぐ帰りますんで。ちょっと失礼しますね」

「翔子さんっ!?」

驚愕するラーラを無視して、翔子は彼女に近づき、買い物袋をやや強引に取り上げた。

「あれ、数が少ない。玉ねぎ買った？」

「え、え？　い、いえ、買ったと思いますけど……」

「いやいや、ないじゃん。全く、困った子だなぁー、ははは……」

適当に笑いながら、不良を押しのけ、ラーラの肩に手を回す翔子。

そのまま腕をラーラの脇の下へ潜らせる。ラーラが身じろぎしたが、下手に抵抗される前に翔子は腕に力を入れる。

「それ落とすなよ」

「え――？」

買い物袋を落とさないよう注意を促して、翔子はラーラを持ち上げた。

左手で膝裏、右手で背中を支え、しっかりと手前に引く。

俗に言うお姫様抱っこだ。

ラーラの全身をしっかりと抱え――翔子は素早く浮遊した。

「ひぃあ――っ!?」

顔を真《ま》っ赤《か》にして、ラーラが奇妙な声を上げた。

しかし落ちては死んでしまうので、必死に翔子にしがみつく。

「て、てて、てめぇ――ッ!!」

「謀《はか》ったなコラァ!!」

二人の不良も飛翔外套《コート》を起動して空を飛んだ。

想像以上にしつこい連中だ。

「依々那。あいつらを撒くには、どうしたらいい？」

『そうですねぇ。……むむっ、閃《ひらめ》きました！　ここを利用しては如何《いかが》でしょう？』

帰り道を示していた橙色のラインが、別の方角を示す。

依々那を信頼して、翔子は方向転換した。

学生寮から離れることで、ラーラが困惑を露《あら》わにする。

「しょ、翔子さん？　どちらに――」

「えーっと……アスレチックゾーン？　ってとこ」

依々那が示した目的地の名称を訥々と読み上げて答える。

時折、後方を一瞥《いちべつ》しながら翔子は飛翔を続けた。

五分と経たないうちに、アスレチックゾーンは目の前に現れる。

アスレチックゾーンは空を飛ぶことに娯楽的要素を付加した施設である。

施設と言っても、建造物があるわけではない。そこにあるのは直線と曲線を織り交ぜたコースと、配置された多種多様の障害物だけだ。

目を凝らせば子どもたちが互いに競い合いながら、各コースを駆け抜けているのが見える。どうやら簡単なレースを行っているらしい。

『ここで適当に撒いちゃいましょう！』

依々那の強気な発言に翔子が「そうだな」と同意する。

だが、あまりに簡単なコースでは撒くことができない。ある程度、難しい飛翔を求められるコースを利用するべきだ。

その時――また、視界がぶわりと広がった。

（なんだろうな、これ。……でも、気分は悪くない）

保健室に行く前にも似たような感覚があった。

あの時は途中で集中を切らしてしまい、すぐ元に戻ってしまったが、今度はその感覚に身を委ねてみる。

空がいつもより鮮明だ。

無限に広がるその空間に、心地《ここち》よさを感じる。

『あのコースなんてどうですか？』

「……空いているし、丁度いいな」

「え、ちょ、ちょっと待ってくださいっ！　そ、そっちは一番難しい競技用のコースで――」

『ご主人様なら大丈夫です』

指定されたコースへ向かい、翔子は躊躇《ためら》うことなく速度を上げた。

スタート地点を通過すると同時にブザー音が響き、半透明の障害物が作動する。

円形のバリアが道を阻み、長方形の壁が前後左右から襲いかかった。

「だ、駄目です！　引き返してください！」

ラーラは焦った様子で言う。

「競技用といっても、怪我はするんです！　いくらなんでも、練習もせずに進むのは危険で――」

「そうか？」

「え？」

焦るラーラに、翔子は言う。

「こんなに広いなら、楽勝だろ」

ゾクリ、と得体の知れない感覚をラーラは覚えた。

ラーラには、今、翔子が何を視ているのか分からなかった。

広い？　――どこが？

右も左も障害物だらけだ。おまけに一度でもコースを間違えると行き止まりに直面してしまうため、常に先を見通して飛ばなくてはならない。

飛翔を続けると、更に多くのオブジェクトが出現する。

だが翔子は速度を一切緩めることなく、真っ直ぐに滑空した。

前方より飛来する円形のバリアを、上昇することで回避。次いで訪れる左右からの壁を今度は下降することで避ける。

単調な障害物は次第に複雑さを増していき、無限の空が少しずつ削り取られていく。正解のルートが三つから二つへ。二つから一つへ。気づけば障害物の密度も増しており、人間一人が辛《かろ》うじて通れるくらいの隙間しか存在しない。

「ひ……っ!?」

駄目だ――ぶつかる。

そう思ってラーラは目を閉じる。

だが、いつまで経っても予期していた衝撃は訪れない。

「ラーラ」

少女の頭上から、気の抜けた声がする。

「終わったぞ」

ラーラが顔を上げた時――そこには何もなかった。

アスレチックはいつの間にか終わっている。障害物もなく、少し前まではしつこく追ってきていた不良も気がつけば姿が見えない。

目の前に広がっているのは、美しい夕焼けだった。

ふぅ、と翔子が呼気を発する。

悠然と――当たり前のようにこの空で佇《たたず》むその姿は、さながら空の主《あるじ》のように見えた。

ラーラは呆然《ぼうぜん》としたまま口を噤《つぐ》む。

そんな少女に、翔子は首を傾《かし》げた。

「どうした？　……あ、悪い。気持ち悪くなったか？　結構雑に動いたからな」

完全に見当違いの思考を巡らせる翔子に、ラーラはまだ口を開かない。

けれど、それから寮に帰るまで。

ラーラはずっと落ち着いて……翔子の腕の中に収まっていた。

◆

「私、その、お、男の人が苦手なんです」

花哩と綾女に「ラーラを発見した」と通信で伝えた後。

翔子の腕に抱えられたラーラは、訥々と語り出した。

「昔、その、男の方に意地悪されたことがあって……それから、ずっとなんです。じ、自分でも駄目だと思ってるんですけど、どうしても治らなくて……」

「成る程。だから俺も、初めて会った時はあんなに警戒されたのか」

「す、すみません！　本当にすみません！」

普通は初対面で、あそこまで否定されないものだ。

あれは当分、記憶に残る。

「が、頑張って治そうとは思っているんですが、中々治らなくて……」

「別にいいんじゃないか。誰だって苦手なものくらいあるだろ」

「で、でも、それじゃあずっと皆さんに迷惑を掛けることになります。花哩さんにもいつも言われてるんです。このままじゃ駄目だって」

「それは……あいつらしいな」

ストイックな花哩ならば言いそうだ。

「今は大丈夫なのか？　俺、普通に触ってるけど」

「今は……その、大丈夫です。わ、私のために、してくれてるって分かりますから」

「じゃあ変なとこ触ってもいいか？」

「えぇっ⁉」

「冗談だ」

よし、これで場の雰囲気は和んだな……と翔子は思った。

しかし実際のところ、ラーラの心臓は大きく跳ね上がり、冗談だと言われた後もドキドキしていた。白い頬が真っ赤に染まる。

「まぁでも、今みたいに話せれば十分だと思うぞ。……俺たちはこれから何度も顔を合わせることになるだろうし。折角だから苦手を克服する機会だと考えればいい」

翔子も、できれば克服してほしいと思っていた。

班としての活動はこれから沢山あるのだから。

「それでも難しければ……いっそ、俺のことを女と思ってみるか？」

「しょ、翔子さんが、女ですかっ⁉」

「ああ。今から俺はしょうこちゃんだ。ちょっと呼んでみろ」

「え、ええと、その……しょ、しょうこ、ちゃん。……あ、少し、楽になった気がします」

「マジかよ」

完全に冗談のつもりだったが、ラーラの方が乗り気になってしまった。「しょうこちゃん、しょうこちゃん」と繰り返し呟《つぶや》く彼女に、翔子は顔を顰める。

今更、引き返せない。

「で、では！　その、暫く翔子《しょうご》さんは、しょうこちゃんでいいですかっ!?」

「いや、いいけどさ。別にいいけどさ……」

複雑な感情は言葉にすることが難しく、結局、翔子は了承してしまった。

「そ、それにしても、しょうこちゃんは凄いですね。こんなに早く、飛翔外套《コート》を使いこなすなんて……私、びっくりしました」

「あんまり実感ないけどな」

「偶にいるんです。空を飛ぶのが凄く上手な人。……もしかしたらしょうこちゃんは『空の眼』を持っているのかもしれません」

「『空の眼』？」

「は、はい。確か『空の眼』があれば、空を、空として見ることができるって、聞いたことがあります……都市伝説で、詳しくは私も分かりませんけど……」

「空を、空として見るか。……よく分からないな」

「す、すみません」

謝罪するラーラ。

同時に、依々那が『これですかね』と、その内容を検索してくれた。

空を空として認識する。

それはつまり、地上に生きる筈の人間が、空で過ごすための能力を持っているという歪《いびつ》な現象である。

元来、人の五感は地上用である筈だ。だから大抵の人間は、地上を認識する応用で空を認識する。

ところが『空の眼』の保有者は違った。

その才能を持つ者は、一切の色眼鏡《いろめがね》を通すことなく、空を空のまま認識できるらしい。

……結局よく分からない内容だ。

所詮は都市伝説か、と翔子は内心で思う。

「特務自衛隊のエース……金轟こと、篠塚凜さんも『空の眼』を持っているって聞いたことがあります。本当かどうかは、分かりませんが」

「へぇ」

「きょ、興味、なさそうですね」

「……別に、俺はこれで満足だからな」

これで？　と首を傾げるラーラに翔子は続けて言う。

「速くもない。かっこよくもない。ただ浮いているように、軽く、楽に飛ぶ。……俺はこの状態が一番好きだ。何も考えずに、ぼーっと空を飛び続けたい」

ゆっくり学生寮に近づきながら、翔子は言った。

「しょうこちゃんは、花哩さんとは正反対のタイプかもしれませんね」

「……言われてみれば、そうかもな」

目標に向かって徹底的に努力する花哩と、目標を見つけることもなく、ただ好き勝手に過ごそうとする翔子。

確かに正反対だ。

「あの、しょうこちゃん。……できれば花哩さんのこと、誤解しないでくださいね？」

不意に、ラーラが言う。

「花哩さんは、その……ある時期を境に、自分にも他人にも厳しくなったんです。だから、別にしょうこちゃんのことが嫌いで厳しくしているわけじゃなくて……」

ラーラが慎重に言う。

そんな少女に、翔子は軽く笑みを浮かべて答えた。

「大丈夫だ。花哩に悪気がないことくらい分かっている」

翔子がそう言うと、ラーラは「えへへ」と恥ずかしそうに笑った。

「ラーラは優しいな」

「……そ、そんなことないですよ」

翔子の胸元で、ラーラは恥ずかしそうに顔を伏せた。

二人は漸《ようや》く、学生寮に辿《たど》り着《つ》く。

「連れてきたぞ」

窓を開けて、翔子は帰還した旨を伝える。

リビングで待っていた花哩は、翔子《しょうご》に抱えられたラーラを見て目を見開いた。

「あ、あんたっ!?　ラーラに何してんのよっ！」

何故か翔子が怒られる。

しかしその隣で、綾女が宥《なだ》めるように言った。

「……待って、花哩。よく見て。ラーラは嫌がってない」

「よく気づいたな、綾女。そうだ。つまりそういうことだ」

「ど、どういうことですかっ!!」

悪乗りした翔子に、ラーラは顔を真っ赤にしながら叫んだ。

花哩は立ち上がってラーラの無事を確認し、安堵《あんど》の息を吐いた。

「よかったわ。何事もなくて」

「いや、あったけどな。ラーラ、不良に絡まれてたぞ」

「またなのね……」

翔子の言葉を聞いて、花哩は額に手をやる。

過去にも何度か同じことがあったらしい。

「で、でも、大丈夫です！　しょうこちゃんが助けてくれましたから！」

その発言に、十秒ほど場が凍った。

「しょうこ、ちゃん？」

「はい、しょうこちゃんです！」

動揺する花哩に、ラーラは満面の笑みを浮かべて頷いた。

「……流石にそのプレイは、ちょっと、理解不能」

綾女が困惑を露にして翔子に視線を配る。

しかし翔子も首を横に振った。

「え、いや、その。あんたはいいの？　それで」

「まぁ……いいんじゃないか。この方が気楽に話せるらしいし」

花哩の問いに、翔子は諦念《ていねん》を抱きながら答えた。

「……やーい、しょうこちゃん、ど貧乳」

「うるせぇ巨乳」

「……何故、知っている？」

「初めて会った時に見た」

「やめなさい」

綾女と翔子のやり取りを花哩が強引に遮る。

花哩の心労が一層増したような気がした。とはいえ今回は翔子《しょうご》も被害者だ。

その後の夕食でも――。

「あ、しょうこちゃん。塩、取ってもらえますか？」

「……ああ」

「ありがとうございます、しょうこちゃん！　えへへ……」

ラーラは完全に、女友達に対する乗りで翔子に接していた。

翔子は複雑な顔をした。

◆

翔子がラーラの変化に頭を悩ませている頃。

大和静音は、浮遊島の地下深くに繋《つな》がる長いエレベータに乗っていた。

自分以外には誰もいないエレベータで、静音は少し前に話した少年のことを思い出す。

「美空翔子か……」

「やはり混じっていいたか。それも目と足の二つ。……あれは将来有望だ。しかしまだ発展途上でもある。今は焦らず、緩やかな開花に期待するべきか」

思考は言語化することでより具体性を持つ。

傍から見ればブツブツと呟き続ける変人だが、静音にとって周りの目など、自身の思考と比べれば取るに足らないものだった。

「ふふっ、面白い。この島にとって、有益なのは篠塚達揮だが……行く末に興味があるのは美空翔子だな」

エレベータが目的の階に到着し、静音は巨大な地下施設へ入った。

大きな扉を抜けた先では、白衣を纏った研究員たちがバタバタと忙《せわ》しなく動いている。

「あ、理事長！」

研究員の一人である女性が静音の存在に気づき、頭を下げる。

「もう卒業した身だろう。理事長と呼ぶのはやめたまえ」

「う……すみません。主任」

謝罪する女性に、静音は保健室で取ってきた薬の入った瓶を差し出した。

「在庫が少ない薬品があると言っていただろう。これで足りるか？」

「た、助かります！　これで足りる筈です！」

研究員はペコペコと頭を下げて感謝を示した。

「しかし、いつ見てもアレは不気味だな」

施設の中央にある物体を見ながら、静音は言う。

「そこは同感ですけど、浮遊島を浮かせているのはアレの力ですからね。一部の研究員は毎朝アレを拝んでいますよ。神様みたいに」

「我々はその神様をモルモット扱いしているわけだが、そこは問題ないのか」

静音は笑って言う。

その視線の先には――巨大な臓物が宙に浮いていた。

「……『臓器《オルガン》』か」

その巨大な臓物は、間違っても人間のものではない。

では、一体誰のものなのか――。

「少なくとも……生徒たちが知る必要はないことだな」

静音は呟く。

その事実を知るのは、ほんの一部の人物のみ。エーテル粒子を研究する独立行政法人の機関か、或いは特務自衛隊の研究職に就き、そこで更に実績を積み上げた者だけがこの臓物の正体を知ることができる。

人類とEMITS《エミッツ》が戦争をしていることは、全ての人間が知っている。

だが、その発端を知る者は――殆どいない。

◆

翌日。翔子は天防学院の教室で、歴史の授業を受けていた。

「――と、このように、ＥＭＩＴＳ《エミッツ》には決まった型が存在しません。また、その状態も同一ではなく、固体や液体など、三態を中心にした様々な種類が確認されています」

飛翔外套《コート》が学生服として扱われる天防学院では、生徒も教師もそれを纏って授業に臨む。その光景はまるで、ローブを纏った魔法使いたちの学校だった。

教室前方のスクリーンに、これまでに出現したＥＭＩＴＳ《エミッツ》が画像で紹介される。

「ＥＭＩＴＳ《エミッツ》はそのサイズや形状、習性から幾つかに分類できます。統率者を持たず大群で襲撃する蝗型《タイプ・ローカスト》。逆に統率者を持ち、統制の取れた群れで襲撃する蟻型《タイプ・アント》。細長い身体で戦場を這《は》うように進む蛇型《タイプ・スネイク》。こうした動物や虫のような形状のＥＭＩＴＳ《エミッツ》もいれば、粘液型《タイプ・スライム》や鬼型《タイプ・オーガ》など、架空の生物のような形状のＥＭＩＴＳ《エミッツ》もいます」

滔々《とうとう》と教師は語る。

「中でも、亜種と呼ばれる個体は非常に特徴的な外見をしており、またその性質も通常のＥＭＩＴＳ《エミッツ》とは異なります。通常のＥＭＩＴＳ《エミッツ》はエーテル粒子を手に入れるために、浮遊島への侵攻を最優先にしますが、この亜種は徹頭徹尾、人類を攻撃するためだけに動きます。

現在確認されている亜種は二種類。弓鴉《ゆみがらす》と、槌亀《つちがめ》です。……余談ではありますが、このうちの弓鴉討伐《とうばつ》作戦にて、金轟と銀閃《ぎんせん》の名は生まれました」

一年前の、英雄が誕生した切っ掛けである。

亜種は通常のＥＭＩＴＳ《エミッツ》と比べ、攻撃性も耐久性も高く、総じて強い。そのため討伐には他のＥＭＩＴＳ《エミッツ》とは段違いの労力がかかるのだ。

そんな強敵を、当時十七歳の二人の少女が倒したというのだから、これには世間も騒がずにはいられない。

ＥＭＩＴＳ《エミッツ》の襲来によって暗雲が立ち込めていた当時の社会に、英雄誕生というニュースは刺激が強すぎた。

世間は英雄の誕生を祝い、少年少女は大志を抱く。

特務自衛隊は憧れの的となった。

金轟の篠塚凜。

銀閃のアミラ＝ド＝ビニスティ。

彼女たちは浮遊島の栄光だ。

「……と、今日はここまでにしておきましょう。お疲れ様でした」

チャイムが鳴り、二人の英雄を映していたスクリーンが消える。

「次は、飛翔技術か」

教師が立ち去ってから、翔子は伸びをしながら呟いた。

その様子に隣の達揮が笑む。

「嬉しそうだね、翔子」

「まぁな。浮遊島に来た甲斐《かい》があった」

空を飛びたいから浮遊島に来たようなものだ。大願は既に成就した。

「そう言えば今朝、翔子が空を飛んでいるのを見たよ」

「今日はそれで登校したからな」

「やっぱり。……随分と使いこなしていたじゃないか。何かコツでもあるのかい？」

「コツって言われてもな。適当に飛んでりゃ、そのうち慣れるぞ」

「……へぇ」

一瞬、達揮の声色が怒気を孕《はら》んだような気がした。

思わず達揮の顔を見るも、その表情に変化はない。

気のせいかと判断した翔子は、移動教室のために椅子から立ち上がった。

「今日は天気もいいし、気分よく飛べそうだ」

廊下の窓を見ながら翔子が言う。

しかし、その予想は――大きく外れた。

◆

第六演習場。そこに飛翔外套《コート》を纏った生徒たちが集《つど》う。

高等部自衛科にとっては三回目の飛翔技術だ。転入組にとっては、空を飛ぶという行為に対して未だに熱が冷めておらず、嬉々《きき》として臨む者が多い。

しかし、その一角であった筈の翔子は、普段以上の無気力な目をしていた。

「……はぁ」

酷く落胆した様子で、翔子は溜息を吐いた。

今日はいい天気だ。

空は青く、雲も少ない。快晴と言っても過言ではない。

しかし、四方を壁に囲まれたこの一室には青々とした光景は見えず、暖かな陽光も届かなかった。

第六演習場は、室内だった。

「……室内を飛んで、何が楽しいんだよ」

「これはこれで役に立つんだから、ちゃんとしなさい」

肩を落とす翔子に、花哩が喝《かつ》を入れる。

飛翔外套《コート》は本来、空を飛ぶことを目的に作られたものだが、空でなくとも広い空間を持つ室内ならば十分に飛翔できる。

飛翔外套《コート》の普及によって、それを用いた犯罪が浮遊島内で発生してからは、天防学院の生徒も室内・狭所における飛翔外套《コート》の使い方も学ぶ決まりになっていた。

「前半は自由飛翔。後半は簡単な模擬戦を取り入れるぞ」

亮《りょう》が簡潔に授業内容を説明し、生徒たちがそれに応ずる。

演習場はグラウンド一つ分と広いわけではあるが、流石に六十人が一斉《いっせい》に飛ぶほどの空間はない。一班から順に、三班ずつのペースで自由飛翔が行われた。

十四番目の班である古倉《こくら》班は、順番が回ってくるまでまだまだ時間がある。

「模擬戦って、具体的に何をするんだ？」

練習する生徒たちを眺めつつ、隣の花哩へ訊いた。

「飛翔外套《コート》とＡＩを使った簡単な勝負よ。具体的な内容は私も知らないわ。中等部まではＡＩが使えなかったし、これまで通りなら鬼ごっことかなんだけど……」

「鬼ごっこって……疲れそうだな」

「……実際、疲れる」

経験のある綾女が、その感想を語る。

自衛科の模擬戦ともなれば、より実戦を意識した内容になる筈だ。

想像して翔子はやる気をなくした。体力を消耗することは嫌いではないが、好きでもないことに体力を使うほど身体を動かしたいとは思っていない。

「おっ」

四度目の交代が行われた時、見知った顔が前に出る。

自衛科第十班の篠塚達揮だ。

周りからは黄色い歓声が湧く。周りどころか班の中からもその声は聞こえていた。

達揮の属している十班は、達揮を除けば全員が女子生徒だった。

奇しくも翔子と同じである。

「同じ境遇でも、人が違えばあんなに変わるものなのね」

花哩がポツリと呟く。

「いいんだ。俺にはラーラがいるから」

「ふぇっ⁉　で、でも私たち、その、女の子同士ですし……」

ラーラが頬を赤らめる。

冗談で言ったつもりだった翔子だが、なんだか冗談では済まされないような雰囲気を感じ、隣の綾女へこっそり耳打ちした。

「……おい。これやばくないか。俺、もしかして、変なスイッチ入れちゃった？」

「……驚愕。でも、元々思い込みの激しい子だったから、まだ様子見の段階」

などと適当に雑談していたその時、達揮が不意に飛翔を止めた。

達揮は他の班員と真剣な顔で話し始める。

飛翔を再開した達揮は、これまでとは違う軌道を見せた。

滑らかな曲線を描く動きから……急旋回で角を作るように飛翔する。

「だいぶ実戦的な練習をしているわね。……金轟の弟とはいえ、飛翔外套《コート》を貰って三日目であんな激しい飛び方をするなんて、中々根性あるじゃない」

不敵な笑みを浮かべて花哩が呟く。

まるで好敵手と出会ったかのようだ。

だが、花哩がそう思う気持ちも良く分かる。

達揮はそれだけ強い熱量で努力しているのが見て取れた。

「……やっぱり、達揮は凄いな」

ふと、翔子の口からそんな言葉が零れる。

「しょ、しょうこちゃんだって、十分凄いと思いますよ！」

素直に褒めてくれるラーラに対し、翔子は素直に礼を言った。

ありがとう。——でも、違うんだ。

達揮が体勢を崩すと、すぐ傍で飛翔していた女子が心配そうに達揮へ近づいた。

だが達揮は片手を突き出した。「まだ続けられる」と言っているのだろう。

顎から汗を滴らせ、達揮は飛翔を再開する。

一体、何が達揮を突き動かしているのか。

死に物狂いに努力するその姿を、翔子は静かに眺めていた。

「よし！　次は私たちの番ね！」

順番が巡ってきたのと同時に、花哩は我先にと立ち上がって宙に浮いた。

「取り敢えず、翔子は私に付いてきなさい。綾女とラーラは翔子の隣でアドバイスして」

各自、花哩の指示に頷いた。

基本的な隊形は先日と変わらない。花哩が先頭。綾女と翔子がそれに続き、最後尾にラーラがいる。

壁の側面に沿って飛翔したり、床に下りてから急上昇して天井に向かったりと、空での飛翔と比べるとトリッキーな動きをした。

進むに連れて景色が狭まり、壁が迫ってくる感覚は空では味わえない独特なものだ。ただ翔子にとって、それは新鮮でもなく、ひたすらに息苦しいと思うだけだった。

「でも、ちょっと残念ね。折角使える《ステップ》を封じられるなんて」

先行していた花哩が少し速度を落とし、翔子に近づきながら言う。

「まあ、使えないなら使えないで、普通に飛べばいいだけだ」

「それはまあ、そうかもしれないけど……アーツが使えるのって凄く貴重だし、いっそ他のアーツを覚えてみるのもいいわね」

「……アーツって、簡単には覚えられないんじゃないのか？」

「あんた以外には言わないわよ、こんなこと」

信頼されているのか。それとも同じ班故に遠慮がないのか。

閉口する翔子の隣に、綾女がゆっくりと近づいてきた。

「ねえ、翔子」

「ん？」

綾女は、小さな声で訊く。

「翔子……あんまり、アーツが好きじゃない？」

「……一応、そう思った理由を教えてもらってもいいか？」

「アーツは、空を飛ぶだけなら必要ない技術だから」

どうやら完璧に心情を見透かされたようだ。

翔子は目を丸くして驚く。

「綾女って、あれだよな。意外と人のことをよく見てる」

「……ふふん」

正確には――好き嫌いではなく、興味がない。

綾女の考えている通り、翔子が求めているのは空を飛ぶことのみである。そこに小手先のテクニックや競技性は必要ない。

やがて、交代の時間を知らせるタイマーの音が演習場に響いた。

「次は簡単な模擬戦だ」

自由飛翔を終えて集合した生徒たちの前で、亮が説明を始めた。

「今回の模擬戦はカウント形式で行う。使用するＩＴＥＭ《アイテム》は飛翔外套《ナビコート》と、戦闘技術で習った天銃《バレット》・狗賓《ぐびん》。それと、普段から身に付けている万能端末の三つだ」

説明と同時に、宙に浮く画面にルールが記される。

カウント形式とは文字通り、相手に与えた攻撃の数によって勝敗が決するルールだ。天銃《バレット》が射出するのは実際の弾丸ではなく、威力が皆無の光弾となる。これを相手の外套に命中させることで、ポイントが獲得できる仕組みだった。

「さて、適当に手本を見せたいんだが……古倉、頼めるか？」

亮は、翔子の隣に座る花哩を指名した。

花哩は威勢良く返事をして立ち上がる。

亮はすぐに花哩へ狗賓を手渡し、演習場の中央へ飛翔した。

「綾女。花哩は大丈夫なのか？」

「……大丈夫だと思われたから指名された。花哩はかなり優秀。問題なし」

翔子の問い掛けに、綾女が答える。

よくよく思い返せば、先日の特別訓練でも花哩は活躍していた。リタイアした原因が間抜けだったため、その印象が薄れていただけだ。

薄茶色の外套を纏った亮と、赤い外套を纏った花哩が空中にて対峙《たいじ》する。

生徒たちの前に半透明の壁が敷かれた。直方体である演習場の中に、更に直方体を収めるように障壁《しょうへき》が展開される。これで天銃《バレット》から放たれる弾丸が、観客に直撃することはない。

試合時間は僅か三分。

アラームが戦いの火蓋《ひぶた》を切り、二人は同時に動き出した。

天銃《バレット》に決まった構えがないというのも納得だ。三次元的な飛翔の最中、構える暇なんて微塵《みじん》もない。意味もなく停止すれば、それが致命的な隙と成り得る。

紅《くれない》の外套を翻《ひるがえ》し、花哩は縦横無尽《じゅうおうむじん》に疾駆《しっく》する。渦《うず》を描く軌道から、直線的な軌道へ。緩急を付けて相手を惑わす。或いは、フェイントを織り交ぜて相手を翻弄《ほんろう》する。

対し、亮はあまり動かず、放たれる光弾を最小限の動きで回避することに専念していた。

花哩が狗賓をマニュアルモードに切り替える。

引き金を絞り続ける花哩に眉を潜《ひそ》めた亮は、彼女と距離を取るように後方へ飛翔した。

「くらえッ!!」

光線が走る。

光弾よりも速い、光の一撃を亮は避けた。

「お返しだ」

今度は亮が光弾を連発する。

花哩はそれを壁に沿って回避した。回避しながら壁を蹴り、亮目掛けて急激な方向転換をする。

距離が近づき――二人の視線と銃口が交差する。

互いにあらん限りの光弾を放った。

弾と弾が鬩《せめ》ぎ合《あ》い、砕《くだ》け散《ち》る。

この瞬間、最低でも三発のカウントを、両者は獲得した。

真紅《しんく》の人影と、淡い土色の人影が、それぞれ弾けるように正反対の方向へ飛翔する。二色の軌道はさながら剣戟《けんげき》に散る火花の如《ごと》く、熾烈《しれつ》かつ鮮麗《せんれい》な彩《いろど》りを魅せた。

けたたましい音が終了の合図を告げるのは、そんな光景に観客が息を呑《の》んだ直後だった。

「五対三、俺の勝ちだな」

互いに一礼を済ました後、亮が結果を簡潔に述べる。

次いで、二人の飛翔外套《コート》の張る膜に白い水玉模様が浮かび上がった。

亮は腕と胸の辺りに三つ、花哩は胸の辺りに二つ。腰に一つ。左足に一つ。そして、背中に一つだ。

「背中の一発はでかいな。知覚はしていたか？」

「……いえ、当たるまで気づきませんでした」

「正直で何より。古倉は速度に頼りがちだから、もう少し止まることも覚えた方がいい」

半透明の障壁が解除され、二人が見学していた生徒たちの元へ戻る。

翔子の隣にまで戻ってきた花哩は、腰を下ろすその瞬間まで、生徒たちの賞賛の視線に晒《さら》されていた。

「……お疲れ」

綾女の一声に、花哩が応じる。

「初めてやったけど、思ったより楽しいわよ、これ」

その瞳に獰猛《どうもう》な光が宿ったのは、見間違いではないだろう。

古倉班の一員として暫く過ごしてきた翔子は、今の花哩がこれまでにないくらい活き活きとしているように見えた。

「でも、初心者にはキツいかもね。下手したら吐くかも」

「おっと、急に腹痛が」

「逃がさないわよぉ？」

立ち上がり、逃げようとした翔子を花哩が捕まえる。

亮の指示により、模擬戦は一対一で二組同時に行うことになった。生徒たちはすぐに対戦相手を決めて前方のボードに順番を記す。

「……ラーラ、やる？」

「は、はい、お願いします！」

綾女がラーラを相手に指名した。ラーラもそれを承認する。

「待て。待ってくれ、それだと俺の相手が花哩になってしまう」

「ギッタギタにしてやるわ」

花哩がガキ大将のような笑みを浮かべる。

しかし、そこに思わぬ助け舟が現れた。

「翔子、よければ僕と対戦しないか？」

それは助け舟だった。

しかし恐らく……泥船だった。

慌てて周りを見渡す。しかし既に他の生徒は相手を決めているようだった。

自衛科は意識の高い生徒たちの集まりだ。「適当に流そうぜ」と体育の授業でお決まりの台詞《せりふ》も、ここでは通じない。

花哩と達揮、どちらがマシか……もとい楽か。無論どちらも楽ではないのだが、翔子の中では同じ転入組である達揮の方へ、僅かに軍配が上がった。

「花哩、達揮とやってもいいか？」

「ええ。私も興味あるし」

どっちに転んだところで、花哩にとっては儲《もう》けものらしい。

程なくして模擬戦が始まった。制限時間は三分。AブロックとBブロック、どちらのブロックでも飛翔外套《コート》の軌道と、天銃《バレット》から放たれる光弾が走る。

しかしその実力は、いずれも花哩には及ばないだろう。

こうして比較することで、花哩の能力の高さがよく分かる。

やがて――翔子の番が回ってきた。

◆

花哩だけでなく、他の生徒たちにとっても翔子と達揮の模擬戦には興味があるのだろう。多くの視線を集めながら、翔子は戦場に赴く。

「依々那」

『はーい！　カウント形式の調整ですね！　ちょちょいのちょーいっと』

まずはカウント形式の模擬戦を行うために、使用するＩＴＥＭ《アイテム》にその設定をしなければならない。模擬戦に使うＩＴＥＭ《アイテム》を登録し、狗賓の弾丸を威力なしの光弾に変更。飛翔外套《コート》は光弾の着弾を記憶させるモードに変更し、同じように相手の使用するＩＴＥＭ《アイテム》も登録する。

『ご主人様、相手はどんな方なんです？』

「天才。適性が甲種《こう》。あとイケメン」

『ふむふむ。才能も顔も負けと。ご主人様、敗北決定ですねっ！』

喧《やかま》しいアバターの戯言《ざれごと》を無視して、翔子は息を整える。

「準備はできたかい？」

前方で浮遊する達揮が、声を掛けてくる。

「ああ、なんとか」

「それじゃあ、よろしく頼むよ」

蒼《あお》の飛翔外套《コート》を纏った達揮は、姉に勝るとも劣らない凜々《りり》しさを漂わせる。

全てを見通すような知性を感じる瞳に、名のある画家が丹精込めて筆を走らせたような眉。流れるような鼻梁《びりょう》は白い頬に挟まれており、その下では整った唇が僅かに弧を描いていた。

容姿を評価する前哨戦《ぜんしょうせん》があったなら、満場一致で達揮の勝利だろう。

「翔子……見せてもらうよ」

スッと、達揮の視線が鋭くなる。

「姉さんに選ばれた――君の実力を」

達揮が明確な闘志を発したその時、試合開始を告げるアラームが鳴った。

容赦《ようしゃ》もなく。

躊躇《ちゅうちょ》もなく。

達揮の初手は群青《ぐんじょう》の砲撃だった。

マニュアルモードに切り替えられた天銃《バレット》の一撃。

適性甲種の達揮から放たれたそれは尾を引く青色の光線だった。

「――は？」

完全に不意を突かれた翔子は、全身で達揮の砲撃を受け止めた。

衝撃はない。

しかし、達揮はこれでカウントを一つ入手した。

「……鬼か、あいつは」

群青の奔流《ほんりゅう》に飲み込まれながら、翔子は大きく後退する。

背中と壁面が触れ合うまで距離を取り、そして自身も狗賓の引き金を引いた。

（当たらない……駄目だこりゃ）

あまりにも見当外れな方向へ射出された光弾に、翔子は諦念した。

狙い通りに弾丸が飛んでくれないのだから偏差射撃などできる筈もない。

当たらないなら――当たるまで近づいてみるか。

「――安易な考えだね」

「げっ」

フィールドの中央に向かうと、達揮もまたこちらに接近してきた。

達揮の持つ狗賓の銃口に光が収束しているのを見て、頬を引《ひ》き攣《つ》らせる。

光弾の質で、達揮は翔子を凌駕《りょうが》している。

これはつまり、達揮の弾丸は翔子の弾丸を打ち消す力があるということだ。共に消失するならばまだしも、初手の威力から考えると達揮の弾丸は翔子の弾丸を飲み込んで、それでも止まることなく牙を剝《む》くだろう。

これが適性の差か。――翔子は舌打ちし、軌道を下方に逸《そ》らす。

「馬鹿っ！　相手より下がるな！」

見学席から、花哩のものらしき声が響く。

同時に、翔子の頭上から無数の銃声が轟いた。雨霰《あめあられ》のように降り注ぐ砲撃を、翔子は床に触れるか触れないかのところで、急激に加速して回避する。

「いやいやいやいや……」

達揮が光線を放ちながら、銃口を動かす。

後方から迫り来る砲撃に翔子は焦り、一気に上方へ飛翔した。なんとか回避に成功した後、反らした腰に痛みを覚えつつ、狗賓を構えた。

先の攻防で理解した。

この模擬戦で頭上を取られるのは危険だ。張り付かれるように動かれれば、位置関係を崩せなくなる。そうなれば、後は一方的に嬲《なぶ》られるだけだ。

「逃げ切りたいが……狭いから、それも難しいか」

眼前に立ち塞がる篠塚達揮に、翔子が遣《や》る瀬《せ》ない表情をする。

制限時間は残り一分。カウントは達揮が一で、翔子が零。これまでの模擬戦と比べればスローペースな試合だ。射撃センス皆無の翔子が、攻撃よりもひたすら回避に回っているのが原因だろう。

「何故、アーツを使わない？」

達揮の言葉に、翔子は考えて答える。

「諸事情で今は使えないんだ」

「……所詮はビギナーズラックか」

達揮は侮蔑の視線を翔子に注ぐ。

「翔子。君は姉さんのことを知っているかい？」

小さな声で、達揮は訊いた。

「君を推薦した人物は、この世界でどれほどの評価を得ているのか知っているかい？」

達揮の天銃《バレット》に、少しずつ群青の光が収束する。

「英雄……金轟。その名は日本だけでなく世界中にまで届いている。単純な戦闘力なら、世界でも五指に入ると言われているほどだ」

冷酷な眼差《まなざ》しが、翔子に注がれる。

「姉さんは天才だから、昔から周りに理解されない人だったけど、それでも僕は姉さんの行動には全て意味があると思って納得していた。でも……今回ばかりは納得できない」

　達揮が歯軋《はぎし》りする。

「昔から姉さんは不思議な人だった。……姉さんは天才だから、僕には理解できないんだろうと思っていたけど、今回ばかりは納得できない」

　達揮が握る天銃《バレット》の銃口が、煌々《こうこう》と輝いた。

「もう少し君は――姉さんに選ばれた自覚を持った方がいい」

　達揮が光線を放つ。それを回避した翔子は、左方に蒼の人影を見た。

　先程まで目の前にいた達揮が、いつの間にかこちらに回り込んでいる。

「……お前も天才だろ」

　翔子が呟く。

　適性が甲種で、転入組なのに既にＩＴＥＭ《アイテム》の扱いに長けていて、緻密《ちみつ》な戦略も練れて、そして人望があった。

　翔子にとって、達揮は紛《まぎ》れもなく天才だ。

（もっと速く飛ぶか）

　翔子が高速で飛翔する。

　達揮も対抗するように速度を上げた。

　ドッグファイトが始まった。翔子は我武者羅《がむしゃら》に光弾を放つ。下手な鉄砲も数打ちゃ当たる筈だが、それを目視で確認する暇はない。上下左右、波打つように。なるべく不規則な動きで飛翔しながら、翔子は光弾を放ち続ける。

群青が煌き、鉛色が見境なく降り注ぐ。

光弾の交錯《こうさく》する回数が増し、互いの飛翔の軌道が荒れ始める。スローペースだった模擬戦は瞬く間に苛烈《かれつ》を極め、見学席からは生徒たちの感心の声が聞こえてきた。

（……この速さなら、近づけるな）

達揮の弾丸を避けると同時に、翔子は一瞬の隙を突いて接近する。

先程は達揮も対応してみせたが――この高速のドッグファイトでは、その余裕もないらしい。

「飛んでいるだけじゃ、僕は倒せな――」

「――こっちだ」

翔子は達揮の背後へ回り込み、その銃口を直接達揮の身体に当てた。

「なっ⁉」

驚愕する達揮を無視して引き金を絞る。

漸く命中した。

手応《てごた》えを感じると同時に、素早く距離を取る。この距離で命中率が上がるのは翔子だけでなく達揮も同じだ。達揮の動揺が醒《さ》める前に、翔子は離れた。

双方が再び動こうとした時、試合終了の合図が響いた。

結果は一対一。引き分けだ。

「……くっ」

達揮が悔しそうに顔を歪《ゆが》めながら見学席に戻る。

十班の面々は達揮に賞賛の声を浴びせているが、本人は結果なんてどうでも良いと言わんばかりに不満気な顔をしていた。

(引き分けで、そこまで悔しがられるのか……)

こちらはやっと終わったという気持ちで一杯だというのに。精神の構造がまるで違う。

「翔子」

見学席に戻ってきた翔子に、花哩は声をかける。

「あんた、勝てたわよ」

「……どういう意味だ？」

「あんたが受けた攻撃って、最初の不意打ちだけじゃない。ってことは、あんたは本当なら篠塚の攻撃を全部避けることができるのよ」

つまり、最初の一発さえなければ——翔子は確実に勝っていた。

「……いや、でも実戦なら不意打ちもアリだろ」

「お、翔子にしては真面目なことを言うわね。まあその通りなんだけど」

一言余計である。

「ついでに言うと、実戦なら多分自滅しているわね。あんな至近距離で撃ったら自分も巻き添えをくらうでしょ」

「……確かに」

今回はカウント形式に設定していたため、天銃《バレット》の弾丸には威力がなかったが、もしこれが実戦なら翔子は瀕死《ひんし》となっていたかもしれない。

「でも、あの角度だと相手は即死、自分は瀕死くらいかしら。……肉を切らせて骨を断つ。そういう作戦なら悪くないかも……」

「バーサーカーかよ」

絶対にその作戦は採用しない。

「でも、これで課題は見えたわね」

花哩がニヤリと笑みを浮かべて言う。

「最初の不意打ちだって《ステップ》を使えたら避けることができた。つまり……今のあんたに必要なのは、アーツよ！」

「……今の俺に必要なのは休憩だ」

翔子の文句は無視して、花哩は獰猛に笑った。

「さあ——特訓しましょう」

こちらの意見を全く聞いてくれない花哩に、翔子は嘆息《たんそく》する。
先程の、達揮との模擬戦を思い出した。
——飛んでいるだけじゃ、僕は倒せない。
模擬戦で翔子が達揮に銃口を当てた時、きっと達揮はそう言いたかったのだろう。
その言葉が、翔子の全身に重く伸し掛かっていた。
——そもそも倒したいと思っていない。
倒せなくても結構だ。
自分は飛んでいるだけで満足なのだから。
張り切っている様子の花哩を見る。
きっとこれから、自分はこってり絞られるのだろう。
そんな未来のことを考えると、思わず呟きたくなる。

「…………面倒臭いな」

天才は理解されない。
達揮が口にした言葉を思い出す。
少なくとも自分が天才だとは思ってないが……篠塚凜も、こういう気持ちで生きているのかな、と翔子は考えた。

◆

「違う！」

夕焼け空に、花哩の怒号が響いた。

「いい？　より疾《はや》く飛ぶためには体勢が重要なのよ。もっとこう、頭を下げて……」

「こうか？」

「だから違う！　なんで逆立ちしてんのよ！　馬鹿にしてんのっ⁉」

「いや、頭を下げろと言われたから……」

放課後から一時間が経過した頃。翔子は花哩に特訓という名の扱《しご》きを受けていた。

花哩の教育は苛烈極まり、周囲の通行人が距離を置くほどだ。

「は、花哩さん、そろそろ夕食の時間が……」

「……花哩。お腹すいた」

見学しているラーラと綾女も、流石に花哩を止めたがっている様子だった。

しかし花哩は彼女たちの声に聞く耳を持たない。

「あんたねぇ、そんな調子じゃＥＭＩＴＳ《エミッツ》に殺されるわよ！」

「そんなこと言われてもな……」

「いいから、もう一度、最初からやる！」

有無を言わせぬ花哩の言葉に、翔子は渋々従った。

遊覧飛行の時よりも頭を下げて直進する。

すると飛翔の速度が普段よりも上昇した。

成功した、と翔子は思った。これが花哩の求めていた結果なのだろう。

だが達成感はない。

翔子はこの飛び方に、あまり魅力を感じなかった。

「やればできるじゃない！　なら次は――」

「花哩、この辺にしてくれ」

嬉々として次の訓練を考える花哩に、翔子は言う。

「言った筈だ。俺は別に特務自衛隊を目指しているわけじゃない。こんな、ＥＭＩＴＳ《エミッツ》との戦いを想定した飛び方を覚えたところで、役には立たない」

翔子の言葉に、花哩は真摯な表情を浮かべて言った。

「ねえ、翔子。お願い……聞いて。あんたの才能は本物なの。それを腐らせる真似《まね》は絶対にしちゃいけない」

花哩は、真っ直ぐ翔子を見据えて言う。

「私はただ、あんたの才能を有効に――」

才能。

その一言が翔子の脳を揺さぶった。

陸上部の推薦で高校を入学した当初、何度も聞いた言葉だ。『翔子、お前才能あるんだからエースやれよ』と監督に告げられた、あの時の光景を鮮明に思い出す。

部員は皆、自分に尊敬の眼差しを注いでいた。

だが同時に強い重圧も与えていた。

あの無責任な目を、また浴びなくてはならないのだろうか。

――反吐《へど》が出る。

自分はただ、自由に生きたいだけなのに。

今まで塞《せ》き止《と》めていた感情が――口元まで迫り上がった。

「ない」

「え？」

「才能なんかない」

翔子は花哩の前から離れた。

飛翔外套《コート》を翻し、ここではないどこかへと飛び立つ。

「な、なによあいつ――っ！」

背後から花哩の叫び声が聞こえたが、翔子は意図的に無視をした。

◆

一人で空を飛んで、翔子は確信する。

やはり自分は何も気にせずに、ただの飛んでいるだけの状態が好きなのだ。

景色を眺め、風に包まれる。

それで十分だ。

『いいんですか、ご主人様？』

依々那が言った。

「いいだろ。別に俺は、この空で誰かと戦っているわけでもあるまいし」

『そういうことではなく、人付き合いの面で心配しているんですよ。今回に限っては花哩様にも非はありますが、ご主人様もまた、他者との交流に無関心すぎます。お互いもう少し、歩み寄ってはどうですか？』

「知らん。面倒だ」

翔子の言葉に、依々那は溜息を吐いた。

（……足手纏《あしでまと》いになりたいわけじゃあ、ないんだけどな）

しかし、流石にやりすぎではないかと思う。

周りと比較しても、今の自分は明らかに訓練のしすぎだ。花哩と達揮だけは自分以上に努力しているような気もするが、彼らの志は特別だろう。二人を基準にしてはいけない。

自分は明らかに平均以上の訓練を強いられている。その理由が、実力不足であるならまだ納得はできるが……ここ最近はそうではなく「才能が勿体《もったい》ないから」と言われることが多い。

頭を悩ませていると、視界の片隅に紫色の外套を纏った少女が映った。

「……綾女か」

綾女が音もなく翔子の傍まで飛んで来た。

「説教か？　悪いが謝る気は――」

「必要ない。遅かれ早かれ、翔子と花哩は衝突すると思ってた」

普段通りの無表情で淡々と告げる綾女に、翔子は眉を顰《ひそ》める。

「翔子……花哩のこと、どう思う？」

単刀直入な物言いだ。

しかし駆け引きを面倒に感じる翔子にとっては、その方が好ましい。

「目標に対してストイックだな。ただ、少し……」

「視野が狭い？」

綾女の言葉に、翔子は頷いた。

「翔子も理解していると思うけれど、花哩は目標に向かって我武者羅に突き進むタイプ。でもそれは真っ直ぐというより愚直に近い。このまま いけば、いつか必ず危険な目に遭う」

「……危険な目？」

「端的に言えば無茶をする可能性が高い。妙な事件に巻き込まれるかもしれない」

成る程、と翔子は納得した。

確かに花哩の持つ一途な性格は、無鉄砲さと表裏一体のように思える。班長としては頼もしいが、一方で不安になるのも分からなくはない。

「翔子をこの班に迎え入れたのは、花哩を止められる人間だと思ったから」

その一言に、翔子は首を傾げた。

「どういうことだ？　俺は、余り物から選ばれたんじゃなかったのか？」

「あの金轟が推薦した人なんだから、名前くらい調べるに決まってる。……花哩とラーラは知らなかったみたいだけど」

それは、つまり……綾女は花哩たちに隠し事をしていたということだ。

何故なら綾女は初めて四人で顔を合わせた際、翔子が金轟に推薦されたことを聞いて花哩たちと一緒に驚いていた。

あの態度は嘘だったらしい。

何故、そんな嘘を吐いた？

「翔子は、花哩とは反対のタイプ。成果よりも楽しむことを優先する人種。……だから、猪突猛進《ちょとつもうしん》な花哩のストッパーになると考えた」

「……だから、俺を班に入れたのか」

「そう。でも、それだけじゃない」

綾女は続けて言う。

「陸上部での一件。私は知っている」

その言葉に、翔子は目を見開いた。

「……俺、そこまでは言ってないよな？　どうやって知ったんだ？」

「貴方《あなた》は他人だけでなく自分にも無頓着。……美空翔子は有名人。名前で検索したら貴方に関する記事がいくらでも出てきた。……一部では、執念のないランナーだとか、責任を放棄した元エースだとか、色々書かれてたけど、私としてはその方が好ましい。この件を知って、貴方は花哩のストッパーになると確信した」

懐かしい呼び名だ、と。翔子は相槌を打った。

「言いふらす気はないから、安心してほしい」

「……別に隠しているわけじゃないし、好きにしていいぞ」

「分かった」

綾女が頷く。

「ついでに言うと、初めて会った時の反応で翔子は絶食系男子だと分かったから、ラーラの男性恐怖症の治療にも丁度いいと判断した。……予想通り、ラーラはあまり貴方のことを怖がっていない。ちょっと変なプレイもついてきたけど、そこは許容する。ラーラの性癖が歪まない程度に、一緒に遊んでやってほしい」

「いや、あのプレイは俺としても不本意なんだが……」

初めて会った時というと、翔子が綾女と花哩の着替えを見てしまった時のことだ。綾女は着替えを見られながらも冷静にこちらの様子を分析していたらしい。

「綾女は、メンバーのことをよく考えているな」

「私はラーラのように優しくないし、花哩のように人を引っ張る力もない。だから、こういうことでしか貢献《こうけん》できない。いわゆる縁の下の力持ち」

その言葉に嘘はないのだろう。

綾女はきっと本気で花哩やラーラのことを思っている。

「……浮遊島は、皆が思っているよりずっと危険な場所」

綾女が小さな声で呟いた。

綾女は天防学院の理事長の娘だ。それ故に、浮遊島での様々な情報に精通しているのかもしれない。

「だから、私は……少しでも長く、ここでの平穏を維持したい」

綾女は、訥々と告げた。

表情の変わらない綾女だが、今の言葉は絶対に本音だと翔子は思った。

綾女も戦っているのだ。

打算的な態度にも見て取れるが……その心掛けには敬意を持てる。

「……要するに、俺は今まで通りにしていればいいんだな」

「ん。翔子はやる気がないだけで責任感はあるから、私たちの足手纏いにはならないと確信している。だから普段はその調子で……いざという時には、一緒に花哩を止めてほしい」

「分かった。皆の友情を壊さないよう、善処する」

そう言うと、綾女は僅かに表情を綻ばせた。

「できれば、私は翔子とも友情を育みたい」

「ほんとかよ」

「打算があったのは否定しない。でも今は単純に、翔子とも仲良くなりたい」

そう言って綾女は翔子に近づいた。

まるで衛星のように、綾女は翔子の周りをゆっくり回る。

「翔子の傍は居心地《いごこち》がいい。……何も訊かれないし、何も怪しまれない。だから、気を遣う必要もない」

「……よく分からん」

「翔子は、空に浮かぶ雲みたいな感じ。ふわふわしている」

翔子はもう一度「よく分からん」と呟いた。

その時、翔子の万能端末《ナビ》がメールの受信を通知する。

送信者は……花哩だ。

『ちょっと話したいことがあるんだけど』

簡潔なそのメッセージを見て、翔子は微かに気を引き締めた。

「……早速、頑張ってみるか」

人間関係は、あまり得意ではない。

だが、逃げるばかりでは解決しない問題も、あるのかもしれない。

◆

「……さっきは、ごめんなさい」

綾女と入れ替わるように現れた花哩は、開口一番に謝罪した。

「私の悪い癖よ。自分に対する厳しさを、つい人にも押しつけてしまう」

「……いや、俺も態度が悪かった。反省している」

才能を指摘されたことで、つい気が立ってしまった。

もう少し穏やかに対応できた筈だ。

互いに謝罪を済ませたことで、和解はできたのだろう。――だが、このままではいつか
また同じことを繰り返す。謝るだけでは何も変わらない。

少し前に、依々那が言っていたことを思い出す。

今は、こちらから歩み寄るべきかもしれない。

「……花哩は、なんでエースを目指しているんだ？」

花哩は努力家だ。一体何が彼女を突き動かしているのか……それを知ることができれば、
自分はもう少し彼女の行動に理解を示せるかもしれない。

翔子の問いかけに、花哩はゆっくりと答えた。

「初等部の頃、親友がＥＭＩＴＳ《エミッツ》に殺されたの」

翔子は目を見開いた。

それは予想を超えた回答だった。

「浮遊島ではよくある話よ。あまり公にはされてないけれど、特務自衛隊の志望動機は、
半数近くが人の死に関係している。……私もその一人ってだけ」

翔子にとって、人の死はそう身近なものではない。

だが——この島に生きる人々にとっては違った。

花哩はゆっくりと、翔子を気遣うように落ち着いた声音で語り続ける。

「親友の名前は遠藤《えんどう》優里花《ゆりか》。とても可愛《かわい》らしい子だったわ。私が、綾女やラーラ以外で、初めて仲良くなった相手でもあった。

あの子は空を飛ぶのが下手糞《へたくそ》でね。その日は浮遊島から少し離れた場所で、一日中彼女の飛翔訓練に付き合っていたの。……でも、空が夕焼けに染まった頃、急に警報が鳴った。島から離れていた私たちは慌てて逃げようとしたわ。私は優里花の手を引いて、全速力で島へと避難しようとした。……けれど間に合わなかった。いつの間にか、ＥＭＩＴＳ《エミッツ》がすぐ後ろまで迫っていたの」

花哩は、歯軋りしながら続ける。

「追いつかれると思った、次の瞬間……優里花は私の手を離した。何も言わずに、ただ真っ直ぐ私を見て、優しく笑って……そして、目の前でＥＭＩＴＳ《エミッツ》に殺された」

当時のことを鮮明に思い出しているのか。

花哩は自らの掌《てのひら》を見つめながら言った。

「優里花は、私を生かすために自ら犠牲になった。その直後、私は特務自衛隊に保護されたわ。……優里花を殺したＥＭＩＴＳ《エミッツ》もすぐに処理された。でも私は全然安心できなくて、悔しい気持ちで一杯だった。……後一歩だったのよ。後もう少し、私が疾く飛べていたら……二人とも無事に保護されて、優里花は死なずに済んだ」

震えた声で、花哩は語る。

「その時から私は、自分の生き方を見直したの。……私はもう後悔したくない。後一歩。後もう少し。そんな思いで誰かを殺したくない。……だから努力する。金轟や銀閃のように……守りたい人たちを守り切ってみせる強さが欲しい。そういうことができる、エースになりたい」

自分が守ると決めたものは、絶対に守る。この空でそれが可能なのは、エースと呼ばれる限られた者のみだ。

花哩はその一人になりたいらしい。

「……花哩は、怖くないのか？」

心の内から湧き出た疑問を、翔子は口にする。

それはかつて、違う分野ではあるが、エースという肩書きを背負っていた翔子ならではの問いかけだった。

「エースになるってことは、多くの期待を背負うことだ。注目を浴びることになるし、行動にも責任がつきまとう。そういうことに対して、怖いと……窮屈《きゅうくつ》と感じることはないのか？」

その質問に、花哩は少し考えてから答えた。

「全然。考えてもなかったわ」

あっさりと答える花哩に、翔子は絶句した。

「まあ、私は昔から目立つのは好きな方だし。今も班長をやってるけど、あんたたちの期待には精一杯、応えたいと思っているわ。……怖いとも、窮屈とも、思わないわね」

堂々と告げる花哩に翔子は言葉を失った。

沈黙する翔子に対し、花哩は何かを察したかのような様子で尋ねる。

「翔子は、そういうの……苦手？」

「……ああ」

「何か、理由でもあるの？」

注目や責任を避けたいと思っている者は、決して珍しいわけではない。だから、別に理由など説明しなくてもいい筈だ。性分と答えるだけでも納得してくれる筈だ。

しかし、凄惨《せいさん》な過去を語ってくれた花哩に、翔子は誠実に応えたいと思った。

今度はこちらが話す番だ。

記憶を整理しながら語り始める。

「昔、陸上部にいた頃……俺はエースと呼ばれていたんだ」

◆

世の中には、ブラック部活という言葉がある。

ブラック企業の部活版だ。その部活は、顧問が生徒の人格を否定したり、体調不良になるほど生徒を拘束したりする。

翔子が所属していた陸上部は、まさにブラック部活だった。

厳密には——翔子にだけブラックだった。

「おい美空ぁ！　そんなんじゃ優勝できねぇぞ‼」

翔子は毎日のように、陸上部のコーチに怒鳴られた。

翔子がいた陸上部には、学校の教師である顧問の他に、外部から呼んだ名うてのコーチがいた。

問題があったのはそのコーチだ。

そのコーチは成果に飢《う》えていたらしい。

聞けばここ数年、どの学校のコーチになっても成果を出すことができず、職を失うことを懸念していたそうだ。

今年も成果を出せなければ、またクビになってしまう。

そんな不安に駆られていたようだ。

だから、そのコーチは翔子と出会った時――目を輝かせた。

翔子をエースにしたら、自分は安泰《あんたい》だと確信したのだ。

「ちゃんとやれよ。お前はエースなんだからよ」

それがコーチの、翔子に対する口癖だった。

翔子は別に、望んでエースになったわけではない。

ただいつものように適当に走っていると、いつの間にか色んな人に担ぎ上げられて、気がつけばそう呼ばれるようになっていただけだ。

翔子は何も考えずに、自分の思い通りに走るのが好きだった。

しかしエースと呼ばれるようになってからは、大会には全て参加させられるし、走りたくもないところを走らされるし、結果を出さないと監督や他の部員に怒られた。

負けたらもっと努力しろと怒鳴られて。

勝っても気を抜かず更に速くなれと怒鳴られて。

他の部員は好きなように走れるのに、翔子だけがいつも自由を許されない。

好きに走ることを認められなかった。

そんな日々が続くうちに、心が摩耗《まもう》していった。

――最初は、推薦を受けたから仕方ないと思っていた。

なにせその学校では推薦を受けると学費が無償になる。

翔子が学校に通うにはそれしかなかったので、推薦を受けた以上は、相応の責任を背負わなくてはならないと思っていた。

でも——仕方ないで納得するにしても、限度はある。

果たしてあのコーチは、翔子のことを世界一の天才とでも思ったのだろうか。

努力と拷問《ごうもん》の境目が曖昧《あいまい》になって、翔子にとっての部活は地獄と化した。

結局……翔子は、壊れるまで走らされた。

◆

「ずっと疑問だった。好きなようにやっちゃ駄目なのかって。勝ち負けに拘らないと走っちゃいけないのかって」

過去を一通り語った翔子は、視線を下げながら続ける。

ここまで真剣に……鮮明に語ったのは初めてだった。

「多分、そういう半端な気持ちだったから罰が当たったんだろうな。……結局、大会の前日に足を壊して、俺はそのまま退部した」

足が壊れた原因は間違いなく走りすぎによるものだが、コーチはこれを翔子の自己管理不足とみなした。

休憩も、病院での検査も許可せず、ひたすら走らせ続けたのはコーチの方だが……自己管理不足と言われると翔子も何も言い返せない。

当時、翔子はそれなりに有名な走者となっていたため、大会の棄権と突然の退部には様々な反応があった。無責任だの我儘《わがまま》だの、色々と言われたことを思い出す。

が、もう十分だろうと翔子は考えていた。

おかげでもう――この足は走れないのだから。

義理は果たしたはずだ。これ以上、支払えるものはない。

「今となっては遅いが……俺は、競争とか勝負とか、そういうのが苦手なんだと思う。陸上部に入るまではずっと一人で走っていたから、それに気づくことが遅れた」

感情を言語化することで、翔子も考えを整理することができた。

なんてことはない。要するに、今回も遅れてしまったのだ。

翔子は正直に、花哩へ謝罪する。

「ごめん、花哩。やっぱり俺は一年後、普通科に転科する。……元々推薦状を使ったのも、一般入学の受付が既に終わっていたからだし、俺には自衛科として戦うための覚悟が足りなかったみたいだ」

花哩たちについて行くには、熱量が不足していると翔子は思った。

しかし、花哩は――。

「……違うわよ」

小さな声で、花哩が否定する。

「あんたが、謝る必要なんてないのよ……！　ぐす……っ」

花哩は涙を堪《こら》えながら言った。

「……泣いてるのか？」

「泣いてにゃいっ!!」

花哩は顔を真っ赤にして怒鳴った。

涙が垂れ落ちる前になんとか手の甲で拭おうとするが、翔子には泣いていることがバレバレだった。

なんてことだ、と花哩は思う。

花哩は、翔子の強さにばかり注目して、翔子の弱さには気づくことができなかった。

美空翔子は――才能を酷使されたことがトラウマなのだ。

果たして、本人にその自覚があるのかどうかは知らないが。

いずれにせよ、花哩は翔子のトラウマを掘り返すような真似をしてしまった。その事実に気づいた花哩は、悔しさと罪悪感のあまり涙を堪えきれなかった。

それでも、訊かなければならない。

何故なら花哩は、古倉班のリーダーなのだから。

「……翔子。もう一度だけ、真剣に聞いてちょうだい」

花哩は、真っ赤に腫《は》れた目で翔子を見る。

「あんたの才能は本物よ。あんたならきっと、金轟や銀閃にも負けない、この空のエースになれるわ。それでも……あんたは、ただ自由に空を飛ぶだけでいいの？」

決して強要ではない、純粋な質問だった。

翔子は、ゆっくり首を縦に振る。

「ああ。それ以上のことには、興味がない」

「……そ。なら、仕方ないわね」

花哩は小さく呼気を漏らした。

「翔子。あんたが自衛科を辞めるというなら、止めはしない。でも……できれば、もうちょっとだけ希望を捨てないで」

花哩は語る。

「初めて会った時にも言ったでしょ。空を飛びたいなら、自衛科に入ったのは正解だって」

「……でも、代わりに戦わなくちゃいけないだろ？」

「そうね。でも、今あんたが自衛科を辞めたがっているのは私のせいよ。自衛科のせいじゃないわ」

翔子は首を傾げた。

花哩は自責の念に駆られながら告げる。

「自衛科の生徒にも熱量の差はある。命懸けでＥＭＩＴＳ《エミッツ》と戦う気の人もいれば、興味本位で入った人も沢山いるはずよ。……私は前者だから、ついあんたにも同じ熱量を求めてしまったわ」

そもそも浮遊島で生きている人や、天防学院に通っている人に、戦いに参加しなくてはならない義務が生じるわけではない。

元よりこの浮遊島は、戦わなくてもいいから沢山の人に来てほしいというスタンスを示している。そのための税金緩和や学費無償である。

だから当然、翔子のようなタイプも大勢いる。

なのに、花哩がそれを意識できなかったのは――それだけ翔子の才能が大きかったからだ。

「本当にごめんなさい。あんたは既に、普通の人以上に努力してる。それ以上を求めてしまったのは私の我儘よ」

「……悪いな。期待を裏切って」

「あんたは裏切っちゃいないわよ。私が勝手に期待して、外れちゃっただけ」

落ち込んだ様子で花哩は言う。

「……でも、私、ちゃんとあんたと向き合うから」

「ん？」

「エースっていうのは、色んな人を率いなくちゃいけないでしょ？　だったら、翔子みたいなタイプともちゃんと向き合わなくちゃいけないわ」

古倉班のリーダーとして……そして、翔子の才能に気づいた人間として、花哩は翔子という人物と向き合わなくてはならないと思った。

「だから……こ、これからも仲良くしてくれると、嬉しいわ」

花哩は視線を逸らし、照れくさそうに手を差し出した。

翔子はすぐにその意図を察して、自分も手を差し出した。

「ああ。こちらこそ、よろしく」

互いに握手する。

そして、小さく笑い合って寮へ戻った。

これで蟠《わだかま》りは消えた。

きっとこれからは、今まで以上に快適に過ごしていけるだろう。

――本当にこれでいいのか？

ピタリ、と翔子は飛翔を止める。

頭の中に湧いたその疑問に、翔子はまだ何も答えられなかった。

# 第五章　空の頼り

SLEEPING ACE OF THE
FLOATING ISLANDS,
ENJOYS CADET
SCHOOL LIFE

異形《いぎょう》の化《ば》け物《もの》が揺らめいた。

化け物の身体を支える爪のような足が小刻みに震える。黒々としたその瞳が煌《きら》めいたかと思えば、次の瞬間、二本の鋏《はさみ》が迫っていた。

間一髪でそれを回避するも、化け物は次に太い尻尾《しっぽ》を繰り出す。

その先端にある針が、翔子《しょうご》の胴を貫いた。

「ぐはぁ」

気の抜けた声を、翔子は発す。

戦闘技術。通称、戦技と呼ばれる授業の今回の課題は、EMITS《エミッツ》との戦闘訓練だった。

訓練であるため、そのEMITS《エミッツ》は本物ではない。古倉班《こくらはん》は今、訓練空域にて投影された巨大な蠍《タイプ・スコーピオン》型のEMITS《エミッツ》と対峙《たいじ》していた。

翔子の腹に突き刺さった蠍の針は、時折ノイズが混じったかのように、その輪郭を崩す。

「思ったよりも粘ったわね」

「……でも、全然攻撃できてない」

翔子とEMITS《エミッツ》との戦いを眺めていた班員が、口々に評価を論じる。

回避だけは一人前。

但し、天銃《バレット》の扱いはとんでもなく下手糞《へたくそ》だ。最後の尻尾の攻撃を避けられなかったのも、天銃《バレット》の命中力の低さに業を煮やした結果である。

「いや、お前ら手伝えよ」

「各個撃破《かっこげきは》って言ったじゃない。私たちもう既に倒したし」

「各個撃破って、そういう作戦じゃないと思うんだが……」

各個撃破は各自、敵を倒したらすぐに他の人のサポートに回る戦法だ。

傍観《ぼうかん》に徹する班員たちを横目に、翔子はＥＭＩＴＳ《エミッツ》へと再び挑む。

避けることだけは問題ない。的が大きい分、狗賓《ぐびん》の弾丸も何発か命中している。

だがどうしても決定打が足りなかった。マニュアルモードを使うのも悪くないが、あれは体力を消費する。今の翔子の最善手は、中距離を保ってちまちま銃を撃ち続けることだ。

「まあ今回の訓練は、ＥＭＩＴＳ《エミッツ》の動きとか種類を実際に見て感じましょうって趣旨だし、初心者の翔子に倒すのは難しそうね」

一定時間を超えて、他のＥＭＩＴＳ《エミッツ》が姿を現した。

蠍型《タイプ・スコーピオン》が二体と、粘液型《タイプ・スライム》が一体。前者は翔子と戦闘を繰り広げる固体と合流し、後者はぺたんぺたんと水音を鳴らしつつ、可愛《かわい》らしい動きで近づいてくる。

「翔子、私たちのフォローをお願い」

「分かった」

後退する翔子と、入れ違うように花哩《はなり》が前に出る。

先日の模擬戦では相手を撹乱《かくらん》するような飛翔《ひしょう》を見せた花哩だが、対ＥＭＩＴＳ《エミッツ》戦ではヒットアンドアウェイの戦法で攻めている。

「……翔子、上」

「上って……うおっ⁉」

黒ずんだ塊が、頭上より落下する。粘液型《タイプ・スライム》のEMITS《エミッツ》が行う攻撃だ。

大地に触れることができないEMITS《エミッツ》が、何故《なぜ》、足という部位を持つのか。これには諸説あるが、進化の過程はともかく一つ判明した事実がある。

EMITS《エミッツ》は、人間で言うアーツを自在に扱えるのだ。

蠍型《タイプ・スコーピオン》のEMITS《エミッツ》は、大地を這《は》うかの如《ごと》く空中を歩行する。粘液型《タイプ・スライム》のEMITS《エミッツ》は、大地で弾むかの如《ごと》く空中で揺れる。これらは飛翔外套《コート》のアーツで言うところのステップであり、EMITS《エミッツ》はこの空を、空中とも大地とも捉えることができた。

「さーて、ぶっ倒すわよ‼」

花哩が一体の蠍型《タイプ・スコーピオン》のEMITS《エミッツ》と、真正面から攻防を繰り広げる。花哩のみを敵視しているEMITS《エミッツ》に対し、翔子が不意を突く形で背後からの射撃を行った。

粘液型《タイプ・スライム》のEMITS《エミッツ》は、ぺたんぺたんと揺れている。

チャージした花哩の弾丸により、蠍型《タイプ・スコーピオン》を一体討伐《とうばつ》する。

砕け散ったホログラムの先では、ラーラと綾女《あやめ》が、二人と同じような連携を取って別の蠍型《タイプ・スコーピオン》を相手にしていた。

粘液型《タイプ・スライム》のEMITS《エミッツ》は、ぺたんぺたんと揺れている。

綾女とラーラが眼前のEMITS《エミッツ》を討伐し、四人は最後の蠍《タイプ・スコーピオン》型のEMITS《エミッツ》へ一斉《いっせい》に攻撃を繰り出した。

灰色の弾丸に交じり、綾女の紫色の弾丸が蠍の背中を真《ま》っ直《す》ぐに穿《うが》つ。

蠍は体を大きく反らし、やがて消失した。

粘液型《タイプ・スライム》のEMITS《エミッツ》は、ぺたんぺたんと揺れている。

「……なぁ、綾女」

「……何？」

「あの粘液型《タイプ・スライム》のEMITS《エミッツ》は、本当に危険なのか？」

「……さぁ？　正直、私も疑ってる」

先程、押し潰されそうになったばかりではあるが、早々に疑念を膨らませていた。

あれを可愛いと思うのは人によりけりだが、少なくとも有害には見えない。いや、実際に害があることは確認しているのだが、動きが鈍すぎて調子が狂ってしまうのだ。

（……試すか）

あの奇妙な深緑色の物体が、果たして脅威と成り得るのか。ぺたんぺたんと、向けられる銃口を意に介することなく、ソレは翔子たちに接近する。

粘液型《タイプ・スライム》に気を取られていると、上空より新たな敵影が出現した。

だが、翔子の好奇心は止まらない。

「豹《タイプ・パンサー》型が一体いるわ！　皆、気をつけ――って、翔子⁉」

「粘液型《タイプ・スライム》は俺に任せろ！」

「え、あ、わ、わかったわ！」

普段とはまるで違う、意気込んだその声に、花哩が気圧《けお》されるように頷《うなず》いた。

真剣味を帯びた翔子の表情に、花哩は「漸《ようや》くやる気になってくれたのね……！」と嬉《うれ》しそうにはにかんでいるが、全くの誤解だった。

「く、くそー、全然当たらない。もっと、もっと近づかないとー」

もっと近づいて観察したいだけである。

適当に苦戦するフリをしつつ、翔子は粘液型《タイプ・スライム》との距離を詰める。

手を伸ばせば触れられるくらいの距離に達し、翔子は粘液型《タイプ・スライム》の全身像を見据えた。全長は五メートルにも及ぶだろう。間近で見ると、その巨体に圧倒される。

薄《うす》れかけた好奇心を鼓舞し、恐る恐る、翔子が右手を差し伸ばした。

その時――。

「――え？」

刹那《せつな》のことだった。

粘液型《タイプ・スライム》がその巨軀《きょく》をくねらせたかと思えば、次の瞬間、それは牙を剝《む》いた。

翔子を包み込むように口腔《こうくう》が広げられ、その内側には夥《おびただ》しい数の歯が怪《あや》しく光る。生理的に受け付けられない悍《おぞ》ましい光景が、一瞬のうちに視界を覆い尽くした。

「……ぁ？」

感触はない。わかっている、これは映像であって実物ではない。

だが、翔子は呆然《ぼうぜん》と立ち尽くしていた。

遠くで花哩が怒鳴っているが、反応できない。

この日。翔子の心に二つめのトラウマが植え付けられた。

◆

「反省会、始めるわよ」

「……いぇーい」

呆れた様子で告げる花哩に、綾女が一人で盛り上がる。

戦闘技術を終え、天防学院《てんぼうがくいん》高等部は昼休みに入った。本日は第一回、自衛科第十四班反省会を開くべく、その班員である四人は共に昼食を取っている。

屋上の中心には円形の花壇があり、その縁に沿って複数のベンチが配置されていた。四人はベンチに腰掛けながら言葉を交わす。

「話し合う内容は、勿論《もちろん》――あんたよぉ、翔子ぉ！」

花哩の怒号が、辺り一帯に響き渡った。

「あんたねぇ！　あんたねぇ⁉　昨日の会話覚えてるっ⁉　普通、今日くらいは真面目《まじめ》になるもんじゃないの⁉　ねぇ‼」

「いや、その……すまん。どうしても、あのスライムが気になって……」

「ああああああ‼　私の罪悪感を返せ！　私は昨日の夜から、これからどうやってあんたと接したらいいのかとか、色々悩んでいたのに！　――悩んでいたのにっ‼」

唸《うな》り声《ごえ》を上げる花哩に、翔子は隣の綾女へ助けを求める視線を注いだ。

綾女は紙パックの野菜ジュースを飲みながら、首を横に振る。

「大人しく叱《しか》られた方がいい。……花哩、さっき翔子が自分からＥＭＩＴＳ《エミッツ》に向かって行くのを見て、翔子がやる気を出してくれたと勘違いして凄《すご》く嬉しそうにしていたから」

「綾女！　変なこと言わないで！」

「……事実」

花哩は顔を真《ま》っ赤《か》にして押し黙った。

「……ぶっちゃけ翔子が行かなければ、私が行ってた」

「そ、そのぉ……実は、私も少し、気にしてました……」

綾女とラーラの告白に、花哩が遠い目で空を仰ぐ。

実はあの時、彼女たちも目の前のＥＭＩＴＳ《エミッツ》に集中しているフリをして、さり気なく翔子の行く先を気にしていた。

そして自分は行かなくてよかったと思った。

「あのねぇ。ＥＭＩＴＳ《エミッツ》のことなら、端末で十分調べられるでしょ」

「……言われてみれば」

「綾女。あんた最近、翔子に似てきたわよ」

「私、そんなに老けてない」

「俺も老けてねぇよ」

そう言いながら翔子が飲んでいるのは緑茶だった。

妙に似合っている。

「そう言えば、そろそろ翔子のポジションも決めとかないとね」

「ポジション？」

「ＥＭＩＴＳ《エミッツ》と戦う際の陣形よ。現状だと、私は中衛で真っ先に攻撃を仕掛ける役割。綾女は後衛で、隙《すき》あらば高威力の攻撃を撃つ役割。そしてラーラは全体の指揮をする役割ね。中等部でも少しだけＥＭＩＴＳ《エミッツ》との対戦シミュレーションを習ったから、その時に決めたの」

「成る程。しかし、ラーラが指揮か。……少し意外だな」

「この子、いざという時の集中力は凄まじいわよ。人やＥＭＩＴＳ《エミッツ》の動きを予測するのが上手《うま》いのよ」

ラーラは恥ずかしそうに「恐縮です」と呟《つぶや》いて顔を伏せた。

「反省会はこの辺にしときましょうか」

花哩の一言に、三人は首を縦に振った。

「ていうか翔子、いつも昼休みはこんな所にいたのね」

おにぎりを頬張りながら花哩が言う。

翔子は昼休みになると、いつもこの屋上に来て食事をしていた。ここに来るまでの間に、翔子は彼女たちにその説明を済ませている。

「昔から、昼休みは屋上で過ごしていたからな。習慣みたいなもんだ」

「……普段は、他の人と一緒？」

「いや、一人だが」

綾女が勝ち誇るような目をしたが、彼女も同じような境遇だろうと翔子は推測する。

「そ、そう言えば皆さん、今朝のニュース見ましたか？」

ラーラの言葉に、翔子と綾女は首を傾《かし》げる。頷いたのは花哩だけだった。

「浮遊島常盤《ときわ》に、大型のＥＭＩＴＳ《エミッツ》が出現したのよ。それも多数」

それは、浮遊島で過ごす身として、無視できない話だ。

翔子はすぐに万能端末《ナビ》を操作し、ニュースを調べる。

文字のみの記述は、事態をどうしても軽微なものに思わせてしまう。死者はゼロだが負傷者は四十二人。……決して少ない数ではなかった。

「……マジか」

「……手こずっているみたいだな」

「だ、大丈夫ですよ。出雲《いずも》航空団も、応援に向かっているみたいですし」

事態の悪化を懸念する翔子にラーラが声を掛ける。百足《タイプ・センティピード》型や豹《タイプ・パンサー》型を始め、大型のＥＭＩＴＳ《エミッツ》が多数、浮遊島を襲っているようだ。しかもその襲撃はまだ続いている。

長期戦を見越し、出雲航空団からも何人かの援軍が送られたそうだ。

適性の高い者から順次送られているらしく、その筆頭である篠塚凛《しのつかりん》は最前線で戦っていると記事が示している。

「翔子も、今のうちに慣れておきなさいよ。ＥＭＩＴＳ《エミッツ》が出る度に怯《おび》えているようじゃ切りがないから。……って言っても、あんたは大丈夫そうね」

「……いや、そうでもない」

翔子の反応に、花哩が意外そうな顔をした。

――ＥＭＩＴＳ《エミッツ》は嫌いだ。

あれが傍《そば》にいると、この空を自由に飛ぶことができない。

だから極力、関《かか》わりたくない。

「……散歩してくる」

緑茶を飲み干して、翔子はおもむろに立ち上がった。

「その辺を飛んだって何も変わらないわよ」

「飯を食ったら散歩するのは、いつも通りだ」

「あんた本当に、時間さえあれば飛んでるわね……」

だが、気分を変えたいという気持ちも確かにあった。

ゴミ箱に空き缶とおにぎりの包装袋を捨て、飛翔外套《コート》の襟《えり》を指で弾いて起動する。

「……私も用事があるから、これで失礼する」

綾女が立ち上がって言う。

「じゃあ、一旦ここで解散しましょうか。私も演習場に行く予定だったし」

「演習場って、まさか自主練か？」

「まさかって何よ。あんたも天銃《バレット》の練習はしておいた方がいいんじゃない？」

「しまった、藪蛇《やぶへび》だったか」

本格的な説教が始まるよりも早く、翔子は屋上から飛び立つ。

散歩である以上、行き先は決まっていない。

取《と》り敢《あ》えず、途中まで花哩に同行することにした。

翔子にとって、今の花哩の傍は居心地《いごこち》が悪くなかった。

◆

「ん？」

訓練空域の方へ近づくと、翔子はその先に見知った人影を発見した。

蒼《あお》の外套を身に纏《まと》い空を駆けるその姿は、篠塚達揮《たつき》のものだ。

「達揮。何してるんだ？」

掛けた声に達揮が反応し飛翔を止める。

射撃の訓練をしていたわけではないらしい。かといって散歩でもないだろう。達揮は肩で息をしており、額には汗を浮かばせている。

「何と言われても。普通に、飛んでいるだけだよ」

「……そんなバレバレの嘘《うそ》をつかなくても、いいんじゃないか」

図星だったのか、達揮は目を逸《そ》らし、後ろ髪をわしゃわしゃと掻《か》く。

「特に変わったことはしてないよ。……ただ、君に負けたくなくてね」

「なんだそりゃ」

「僕にもよくわからない」

笑い飛ばす翔子に、達揮も苦笑した。

「……そう言えば、昨日の模擬戦は結局決着がつかなかったね」

不意に話題を変える達揮に、翔子は眉間に皺《しわ》を寄せた。

嫌な予感がする。

「翔子。よければ、あの時の続きをしないか？」

その一言を告げる達揮の眼差しは真剣だった。

醸《かも》し出《だ》される威圧感に一瞬、気圧される。

「……いやいや、無理だろ。天銃《バレット》もないし」

「端末で申請すればすぐに借りられるよ。ここは、そういう場所だからね」

即座に逃げ道を潰され、翔子は唇を引き結んだ。

「古倉さんはどうだい？　僕と彼の勝負に興味はないかな？」

返答に困っていると、達揮が外堀を埋めるかの如く花哩に声を掛けた。

以前ならばすぐに頷いただろう。しかし今の花哩は、悩む素振りを見せる。

「そりゃ興味はあるけど、本人がやる気じゃないし」

「……成る程。随分と良好な関係を築いたようで、何よりだ」

達揮は翔子と花哩を交互に見ながら言う。

「それなら、また授業で模擬戦をやる時に指名させてもらうよ。……君とは一度、ちゃんと決着をつけておきたいからね」

達揮が不敵に笑って言う。

授業でやるくらいなら――騒がしい観客が少ないこの場で勝負した方がマシか。

「……分かった、勝負を受ける」

翔子がそう言うと、花哩が少なからず動揺した素振りを見せた。

「いいの?」

「ここで断っても、先延ばしになるだけな気がする」

「……確かに、そうね」

花哩が納得する。

そして、改めて見た達揮の顔は爽やかに笑っていた。

「ありがとう。それじゃあ、訓練空域に行こうか」

◆

第三訓練空域。

そこで翔子と達揮は対峙する。

昼休みで、しかも唐突に決定したこともあり、観客は花哩を除けば一人もいない。翔子と達揮はそれぞれの外套で空に浮き、互いに万能端末《ナビ》を操作していた。

「翔子。折角だから、より実戦に近いルールにしてみないか？」

「……具体的には？」

「ダメージ形式っていうルールがあるんだ。端末で確認してみてくれ」

達揮の言葉に、翔子よりも先に依々那が反応した。

ダメージ形式に関するルールが表示される。

ダメージ形式は、互いに飛翔外套《コート》の防護膜を削り合う形式の勝負だ。片方が一定以上のダメージを負うことで、勝敗が決するといった仕組みである。

こちらはカウント形式とは異なり、ＩＴＥＭ《アイテム》の効果が本物に近い。つまり翔子たちが腰に佩《は》く狗賓からは、紛《まぎ》れもない実弾が射出されることになる。

防護膜の効果により、直撃しても石礫《いしつぶて》程度の痛みしか感じないが、衝撃までは緩和されないので要注意だ。

「……危なくないか？」

「大丈夫だよ。痛みはあるけど、怪我《けが》はしない」

痛みがある時点で大丈夫ではないのだが、達揮は完全に乗り気だった。

「……依々那、ダメージ形式の設定を頼む」

『承知しました！』

先日の模擬戦の時と同じように依々那がルールを適用する。

飛翔外套《コート》、万能端末《ナビ》、狗賓の三種を使用登録した。外套が薄《うっす》らと光り、視認できる半透明の防護膜が展開される。

「準備はできたかい？」

「あぁ」

「なら、後は合図を待つだけだ」

二人は顔を横に向け、花哩に視線をやる。

花哩は一度だけ首を縦に振り、その胸の手前に万能端末《ナビ》の機能の一つであるタイマーを表示した。残り一分で戦いの火蓋《ひぶた》は切られ、後は勝敗が決するまで試合は継続される。

「達揮。一応言っておくけど、本気で来いよ」

翔子が言う。

達揮が眉間に皺を寄せた。

「……それは、挑発と受け取っても？」

「違う。何度も挑まれるのは面倒だから、この一回で満足してほしいだけだ」

「それなら心配ない。君が本気を出せば僕も出す」

昼休みの賑《にぎ》わいが遠退《とおの》く。

達揮の瞳には、戦意を超えた敵意が宿っていた。

「ずっと、気になっていたんだ。どうして君が、姉《ねえ》さんに選ばれたのか」

狗賓に手を掛け、達揮が語る。

その意味がわからないほど翔子の頭は鈍くない。

「僕は、姉さんが何を考えているのか、昔からあまり分からなかった。けれど、一つだけ確かなことがある。姉さんは決して無駄なことをしない。——君のような腑《ふ》抜《ぬ》けを、何の意味もなしに推薦するわけがない」

どこか忌々しそうに、達揮は告げた。

「……それは、挑発と受け取っても？」

「構わない」

否定しろよ、と翔子は内心で毒突く。

「達揮は熱いな」

「翔子は冷めているね」

舌戦に付き合う気はない。翔子は小さく呼気を吐いた。

花哩の方を一瞥《いちべつ》し、開戦までの時間を知る。……残り十五秒。交わせる言葉の数はそう多くない。翔子は、胸の奥底にあった本音を、吐露することにした。

「前々から、思ってはいたんだが」

達揮を見据え、翔子は言葉を紡ぐ。

「――俺、お前のこと苦手だわ」

その言葉を聞いた達揮は、薄らと笑んだ。

「――僕も、君のことは苦手だ」

◆

花哩の端末から開戦の合図が響く。

双方、弾かれるように後方へ飛翔した後、先に動いたのは達揮だった。

達揮は蒼の外套を翻《ひるがえ》し、手にした狗賓の引き金を絞る。一秒、二秒と時の経過と共に、弾丸は膨張した。

対し、翔子は来るであろう光線の回避に専念する。

反撃の体勢を取った翔子は、ふと全身に訪れる感覚に、口角を吊《つ》り上《あ》げた。

ああ、そうだ。

ここは空だ。

前回の模擬戦で使った、あの狭苦しい一室とはワケが違う。

――視界が広がる。

その目を見開く。

空を認識する。

（ここは——無限の世界だ）

空がいつもより鮮明に見える。

集中力が極限まで研ぎ澄まされていることが分かった。

群青《ぐんじょう》の光線が放たれた。

しかし、開いた距離がその脅威を軽減する。

光線を回避し、翔子も弾丸を放った。

どうせ当たりやしない。それがわかっているから翔子は狗賓をオートモードで使用する。

質で攻められない以上、量で攻めるしかない。

「……今日は、随分動きがいいじゃないか」

「外だからな」

達揮の問いに、翔子は短く答えた。

翔子は真面目に答えたつもりだった。だが達揮は、そう思わなかったらしく——。

「ふざけているのか？」

達揮もまた、狗賓のモードを切り替えて数で応戦した。

互いに高速で飛翔し、翡翠《ひすい》と蒼の軌跡《きせき》が幾重《いくえ》にも飛び交う。室内では叶《かな》わなかった広大な空を利用した戦い。翔子たちは空域を存分に使い、弾丸を撃ち続ける。

（……埒《らち》が明かないな）

どちらも飛翔を止めないため、相対速度が視認できない域に達している。このままでは互いに傷一つ負うことなく、延々と空を飛び合うだけになってしまうだろう。

やはり、近づくしかない。

決意を胸に、翔子はタイミングを見計らう。

「来るかい？」

達揮は翔子の考えを見透かしたかのように、不敵な笑みを浮かべた。

仮にバレていても、自分が勝つには近づくしかない。

「ああ」

翔子は短く肯定した。

――集中する。

この果てのない空の、どこを通り、どこを曲がり、どこを直進して接近するのか。

考えなくてもいい。

空のことは、肌で感じた方が早い。

意を決し、翔子は空を駆ける。

濃い蒼の外套に向けて、その身を加速させた。

「安易だね、またしても」

翔子の接近に達揮は狗賓のモードを切り替え、猛攻を放つ。

だが、翔子には届かない。

（……視える）

弾丸が、どこからどのように放たれてくるのか。

それら全てを避けて、達揮に接近するにはどう飛べばいいのか。

翔子の目には正解のルートが視えた。

それも一つではなく、複数のルートが視える。

達揮が握る狗賓の銃口に、蒼い光が収束した。

こちらが近づいた瞬間を狙って極大の砲撃を放つつもりなのだろう。その裏をかかねば一撃は入れられない。

ルートが幾つか絞られた。

だが――まだ正解のルートは残っている。

「頭を冷やすといい」

肉薄する翔子に達揮が銃口を突きつける。

しかし、

「――こっちの台詞《せりふ》だ」

群青の砲撃が放たれた瞬間、翔子は銃口から逸れるように体勢を変える。

身体を素早くねじり、横にロールしながら達揮の頭上を越えた。

「なっ⁉」

航空機の機動でいうスナップロール。

それを知識ではなく直感でやってのけた翔子は、達揮の背後に回り込んでみせた。

達揮は、自らが放った砲撃が目眩《めくら》ましになって反応が遅れる。

「よっと」

「ぐ――っ⁉」

目の前にある無防備な背中に、翔子は弾丸を放った。

達揮は目に見えて動揺していた。――障害物が存在しない空の上で、相手の死角に潜り込むことがどれほど難しいか、翔子は自覚していない。

だが、達揮も負けていなかった。

そのまま離脱しようとする翔子に、達揮は食らい付く。

「ただではやられない――ッ‼」

蒼い外套が大きく広げられ、翔子の視界が塞がれた。たとえ翔子の目が特殊だったとしても、視界が塞がれては意味がない。

飛翔外套《コート》もＩＴＥＭ《アイテム》の一つだ。それを上手く活用された。

翔子の腹に、達揮の弾丸が炸裂《さくれつ》する。

「痛って……っ」

カウント形式では経験しなかった痛覚と衝撃に、翔子は顔を歪《ゆが》める。

「まだ終わりじゃないよ」

そう言って、達揮は群青の輝きを解き放つ。

迫り来る光の奔流《ほんりゅう》を見て、翔子は焦った。

流石《さすが》にそれは痛そうだ。

(仕方ないな)

足の裏でエーテル粒子を感じる。

次の瞬間、翔子は空を蹴り、圧倒的な加速でその場を離れた。

「……ステップか」

達揮が忌々しそうな顔をする。

一方、戦いを眺めていた花哩は今の光景を見て叫んだ。

「ちょっと翔子！　アーツは使っちゃ駄目でしょ‼」

「このくらいなら大丈夫だ」

実際、地上でもほんの少しだけなら走ることができた。

危機を脱した翔子は、達揮と睨《にら》み合《あ》う。

双方、共に自覚していないが——初心者とは思えない戦いをしていた。

アーツを駆使する翔子に、適性甲《こう》種の砲撃を放つ達揮。どちらも既に、特務自衛隊で一線級の働きを示せるほどの能力を発揮している。

だからこそ、花哩は固唾《かたず》を呑《の》んで二人の戦いを見届けていた。

この勝負の行く末は、誰にも分からない。

「何故、そこまで俺に対抗心を燃やす」

その時、翔子の口からずっと気になっていた疑問が零《こぼ》れた。

その問いに、達揮は引き金を引きながら答える。

「僕が浮遊島に来た理由は、特務自衛隊に入り、姉さんの力になることだ」

弾丸を避けた翔子に、達揮は続けて言う。

「今まで、そのための努力もしてきたつもりだ。……地上にも幾つかＩＴＥＭ《アイテム》を使える施設がある。僕はそこで毎日のように訓練をしてきた」

達揮が持つ狗賓の銃口に、光が収束した。

「姉さんだって、僕がそういう日々を送ってきたことは知っている筈《はず》なんだ。なのに、どうして——君が選ばれる」

群青の大砲が放たれた。

大気を揺らしながら迫るその砲撃を、翔子は紙一重で回避する。少し外套を掠《かす》り、その際に引き込まれそうになったが、辛《かろ》うじて体勢を整えた。

「たかが推薦状くらいで、そこまで深刻に考える必要はないだろ」

「君は何も分かっていない」

達揮は眉間に皺を寄せる。

「特自が渡す推薦状は、ただの入学案内じゃないんだ。もしその人物が特自に入隊したら、その時は自分が面倒を見るという意思表明なんだよ。一部では〝つば付き〟と呼ばれる制度さ。……姉さんは本気で君を欲しがっている」

達揮は、その目に憎悪の炎を灯《とも》した。

「君はそんなことも知らないのか。——どこまで人を馬鹿にすれば気が済むんだ」

達揮が再び狗賓をオートモードに切り替え、群青色の弾丸を射出した。

前回とは異なり強引な攻め方が改善されている。達揮の成長に翔子は舌打ちをかましながら、応戦した。

的確な偏差射撃が鬱陶《うっとう》しい。だが、徐々に弾の速度にも慣れてきた。

切れていた息も整い、視野はこれまで以上の広さを発揮する。気分も高揚《こうよう》してきた。

……この状態を翔子は知っている。

(もっと、集中できるな)

ランナーズ・ハイだ。

長時間走っていると、気分が高揚する現象。

この感覚は随分と懐かしい。

以前は毎日のように浸《ひた》っていた境地である。

「逃げることに関しては、一流だね……ッ!!」

「褒め言葉だ」

達揮が苛立《いらだ》ちながら弾を撃つ。しかし翔子はその全てを避けてみせる。

戦いを好まない翔子にとって、逃走は最も有意義な武器だった。

とはいえ、これは逃げることを許されない模擬戦。

どこかで立ち向かわねばならない。

距離を保てば達揮の弾丸に当たることはない。だがそれは相手も同じことだ。この膠《こう》着《ちゃく》状態を変えるにはどちらかが接近する必要がある。

達揮は遠方でこちらを睥睨《へいげい》しているが、距離を詰めてくる様子はない。恐らく迎撃のパターンを組んでいるのだろう。

「……やってみるか」

思えば——自分は、全力で飛翔したことがない。

自転車や自動車と同じで、全速力というのは大きな危険性を孕《はら》む。全ての力を一点に傾けてしまえば、修正を行う余地がなくなってしまうからだ。

睨み合いから脱却するべく、翔子は斜め上へと飛翔した。

助走をつけるため、達揮に向かって時計回《とけいまわ》りに渦《うず》を巻くように、ゆっくり滑空する。少しずつ速度を上げる翔子だが、迎撃態勢に入った達揮は動かない。

牽制《けんせい》が来ないとわかれば、翔子もまた遠慮なく飛翔できた。

思い描いた渦に沿って空を滑る。上昇した直後、翔子は眼下の達揮に向けて一気に加速しようとして――。

「――ん？」

遙《はる》か遠くから、サイレンが鳴り響いた。

◆

『緊急警報発令。緊急警報発令。現在、浮遊島出雲にＥＭＩＴＳ《エミッツ》が接近しています。住人の皆様は速やかに避難してください。繰り返します――』

ディスプレイが次々と展開され、誘導経路が表示される。

急降下を止めた翔子は、眼前の画面を呆然と眺めつつ、達揮にも目を配った。達揮もまた翔子と同じように、狼狽《ろうばい》を露にしている。

「二人とも、模擬戦は中止。今すぐ避難するわよ」

落ち着いた彼女の声色に、翔子と達揮は安堵《あんど》と共に首を縦に振る。

模擬戦によって、三人は訓練空域でもかなり端の方にまで来てしまっている。避難先である浮遊島出雲とは相当な距離があった。

緊急用の誘導ラインに従い、飛翔しようとしたその時。

再び警報が鳴る。

『警戒レベル三が発令されました。現在、浮遊島周辺の空域にいる皆様は、誘導員の指示に従って避難してください。繰り返します。警戒レベル三が発令されました――』

「――は？」

二度目の警報に、花哩が驚愕《きょうがく》の声を発す。

「警戒レベル三って、嘘？　どういうこと？　警備隊はどうしたの？」

その混乱に満ちた声音が、事の緊急性を表していた。

特務自衛隊が所轄《しょかつ》する航空団は討伐隊と警備隊に分割される。前者はＥＭＩＴＳ《エミッツ》の発見に伴い、その対処を任される組織だが、後者は敵の発見や市民の救出、及び航空機などの護衛や周辺警戒のためにある組織だ。

警備隊は、発見から討伐までの間の戦線維持の役割も担っている。

警戒レベル三は、その戦線をＥＭＩＴＳ《エミッツ》が突き破ったことによって発令されるもの。

――つまりＥＭＩＴＳ《エミッツ》は、既に間近まで迫っていることになる。

「あれは……っ」

達揮が、浮遊島とは正反対の方向を見て目を剝く。

そこには真っ黒な雲があった。いや……その雲は凝視すれば、無数の粒の塊であることが分かる。それらは一つ一つの生命として蠢《うごめ》いていた。

浮遊島出雲で、警戒レベル三が発令されるのは滅多《めった》にない。

だが、花哩は瞬時にそれが、警備隊の怠慢《たいまん》によるものではないと理解する。

「そっか……今は、常磐の方に人手を割いているから……」

浮遊島出雲が誇る戦力は現在、金轟《こんごう》を筆頭に、その二割近くが浮遊島常盤に出現したEMITS《エミッツ》との戦いに出向いている。

当然、その程度で使い物にならなくなるほど出雲の防衛力は低くない。平常時と比べれば航空団全体の火力は落ちるものの、本務には影響がないと上も判断した筈だ。

しかし、まさか。

出雲までもが大群に襲われることになるとは――。

「蝗型《タイプ・ローカスト》……最悪のタイミングね……!!」

統率固体のいない、群れによる襲撃を得意としたEMITS《エミッツ》の一種。

荒れ狂う嵐の如く、或《ある》いは浮遊島に対を成す大城の如く。漆黒《しっこく》の群勢は一丸となって迫り来た。

あれを一掃《いっそう》するためには高い火力が必須だ。しかしその火力こそが、今の出雲に欠けているものだった。

「なんだよ、あれ……」

僅《わず》か十数秒で、大雲の粒は肉眼でも捉えられる距離となった。

頭部には二本の触角と真っ黒な瞳。細長い胴からは折れ曲がった脚と羽、そして節くれだった腕が伸びる。黒みがかった緑の外皮を擦《こす》り合《あ》わせ、群れは接近する。

全長は三メートル程。シミュレーションでは感じ得なかった、生物としての存在感に翔子は肌を粟立《あわだ》てる。——見ればわかる、紛うことなき化け物だ。

「あんな奴《やつ》らが、僕たちの島に来るというのか……!!」

恐れと怒りを綯《な》い交《ま》ぜにしたような声で、達揮は言う。

その時、幾重もの光の帯が黒雲を切り裂いた。

「自衛隊……助かった、か?」

「駄目、あんなのじゃ止まらない——っ!!」

特務自衛隊の奮闘に翔子が安堵するも束の間。

花哩の言う通り、EMITS《エミッツ》の大群は全く足を止めることなくこちらに向かっていた。

黒雲からボロボロとEMITS《エミッツ》の死骸が落下する。だが数が違いすぎる。撃ち出される光線は、深い闇に飲み込まれるように消失していた。

「——そこの三人、聞こえるかっ!?」

切羽詰まった声に、三人が振り向く。

そこには黒一色の外套を纏った男がいた。

「警備隊だ。これより君たちを安全な場所へ誘導する。ついて来てくれ」

簡潔な物言いだが、粗野とは感じない。この男にも余裕がないのだ。

黒い外套を翻し、男は翔子たちを先導する。空に敷かれた黄色の誘導ラインに沿って飛翔するが、その最中、絹《きぬ》を裂くような悲鳴が後方から聞こえてきた。

「今、悲鳴が——っ!?」

「口を閉ざせ」

男が達揮に対し、語気を強くして言う。

「奴らが傍を通過する。絶対に、刺激しないように」

その一言が発せられた直後、無数の羽音が耳朶《じだ》を揺らした。

悍ましい蝗《いなご》の大群が、目の前を通過する。

一秒、二秒と経過しても、まだ最後尾が見えない。

（これは……っ）

これは——戦って、勝てるものなのか？

戦いが成立するのだろうか。蟻《あり》が巨大な象を前にして、いちいち「戦い」なんて言葉を用いるだろうか。

人間一人ではどうすることもできない、災害としか言いようがない光景だ。

「標的《ひょうてき》にされないためにも、少し迂回《うかい》して浮遊島に近づこう」

黒い雪崩《なだれ》の中に、巻き込まれた数人の特務自衛官の姿が見えた。

身体を丸めて衝撃に備えているが、その効果は薄い。蝗たちの突撃に彼らは容赦《ようしゃ》なく吹き飛ばされる。

眼前の大群は、真っ直ぐ浮遊島に向かって進んでいた。

「有事の際、浮遊島はエーテル粒子の障壁《しょうへき》を展開する。その内側に入りさえすればもう大丈夫だ。蝗型《タイプ・ローカスト》は人の張った防衛線には強いが、物理的な壁には弱い。……安心しろ、君たちに被害が届くことはないさ」

三人の心理状態を危惧してか、男は笑いかける。

「……安心なんて、できないわよ」

「何？」

「私たち民間人を助けるために、どれだけの人員を割いたの？　ただでさえ常盤の襲撃で人手が足りていないのに……本当はこれ、結構危ない状況でしょ」

特務自衛隊のエースを目指す花哩は、日頃から実戦を想定して訓練を受けている。

だから分かった。浮遊島は今、危機的状況にある。

「何か、手伝えることはありますか」

達揮が飛翔を止め、男に言う。

「学生の出る幕ではない」

「僕の適性は甲種です。多少は役に立つと思います」

「……役に立ったところで関係ない。余計なことは考えるな」

僅かに、男が揺らいだ気がした。

適性甲種はそれだけ魅力的らしい。

「篠塚三等空尉と、アミラ三等空尉は、学生でありながら浮遊島を救ったわ」

「彼女たちは特別だ。君たちとも……俺たちとも違う」

もしこの場に金轟や銀閃《ぎんせん》がいたら、目の前の大群を消し飛ばしてくれたかもしれない。

だが今、彼女たちはこの場にいない。

しかし、ここにはその特別の弟がいた。

「僕は――篠塚凜の弟です」

その一言に、男は見開いた目で達揮を見た。

英雄の名はそれだけ価値があるのか、頑《かたく》なだった男が明らかに動揺している。

適性甲種。英雄の弟。

男も、本音を言えば協力してほしいに違いなかった。

今もまた、一人の自衛官が濁流に飲まれた。

無数の羽音に交じって、掠れた悲鳴が聞こえる。

その光景が――達揮の中にある、巨大な正義感を爆発させた。

「失礼しますーッ!!」

「な、待てっ!?」

達揮が男の隣を抜け、狗賓を片手に飛翔した。

男の制止に耳を貸すことなく、達揮は蒼の外套を靡《なび》かせながら、EMITS《エミッツ》の波に攫《さら》われた隊員の救助へ向かう。

「翔子、これ借りるわよ」

「え？」

花哩が、翔子の腰から狗賓を奪い取って達揮の援護に向かった。

あまりに唐突すぎて、翔子は反応が遅れる。

咄嗟《とっさ》に、花哩を呼び止めようと前に出るが――。

「――あんたは来ないで！」

花哩が言う。

こちらを振り向いた花哩は、優しく微笑《ほほえ》んで告げた。

「ここから先は、あんたが一番嫌いな世界よ」

そう言って、花哩は達揮と共に黒雲に飲み込まれていった。

◆

「くそっ、これだから最近の学生はッ‼　君はそのまま浮遊島に行きなさい‼」

悪態をつき、自衛隊の男は慌てて二人を追いかけた。

一人取り残された翔子は、波に巻き込まれていく三人を無言で眺めていた。

あんたは来ないでと、花哩に告げられた言葉が何度も頭の中で反芻《はんすう》される。

――どうすればいい。

目の前の黒雲に足を向けようとすると、急に全身が重たくなった。

しかし、出雲の方に近づこうとしても身体が重くて動かない。

黒雲は遂《つい》に浮遊島へ到達した。島が展開する障壁に巨大な蝗が群がる。障壁に張り付いて蠢《うごめ》く黒い塊が、生理的嫌悪感を催させた。

その時、万能端末《ナビ》が綾女からの通話を受け取る。

『……翔子、無事？』

聞き慣れた声が耳に届く。

「ああ、なんとか」

『……よかった。ラーラも島にいるから問題ない』

綾女とラーラの無事を聞いて、翔子は僅かに安堵した。

『花哩は？　花哩はどこ？』

綾女の問い掛けが、翔子の胸に鋭く突き刺さった。

「……悪い、止められなかった。花哩は達揮と一緒にＥＭＩＴＳ《エミッツ》を倒しに行った」

『……あの馬鹿』

綾女が悪態をつく。

『追って』

綾女が告げた。

その指示に翔子は声を震わせる。

「追うって……俺が、か？」

『そう』

問い返す翔子に、綾女は即座に肯定する。

『浮遊島は今、内側から外には出られないよう障壁で封鎖されている。……私とラーラは暫《しばら》く動けそうにない。今は、翔子だけが頼り』

「……自衛隊に頼んだ方が確実じゃないか？」

『自衛隊も万能じゃない。多分、民間人の誘導はもう終わってる。……今頃は警備隊も討伐に駆り出されている筈。こうなったら、救助要請は暫く届かない』

現に翔子も今、単独で避難している状況だ。警備隊の人手不足は明白である。

『それに、翔子が一番適任』

「……なんで、そう思う」

『才能。ラーラから聞いた。翔子には『空の眼』があるって』

「……都市伝説を持ち出すなよ」

気が抜けた。

同時に、堪《こら》えていた憤懣《ふんまん》が溢《あふ》れ出《だ》す。

「お前は俺に、あんな化け物の大群へ突っ込めと言うのか？　……それは、俺に死ねと言ってるようなものだぞ」

『――本当に？』

だが、綾女は間髪を容れずに問いかける。

『翔子は本当に、自分が死ぬと思ってる？』

綾女の問いに――翔子は即答できなかった。

夥《おびただ》しい化け物が集《つど》うその空は、とても狭苦しく、飛んでいて気持ちいい筈がない。けれどその中を飛べるかと問われると、不可能ではないような気がした。

――おかしい。

何故、自分がこんな感情なのか分からなかった。

これほどの恐ろしい光景を前にしても、全く恐怖が湧かない。

刻一刻と脅威が迫っている実感はある。

先程からずっと、誰かが命を削って戦っていることも理解している。

それでも――どうしても、死ぬ気がしない。


――道が視える。


二ヶ月前、篠塚凜に助けられた時のように。ラーラを抱えて不良たちから逃げていた時のように。先程、達揮と戦っていた時のように。

あの黒雲の中にも、まだ飛ぶための道はある。

『翔子……貴方《あなた》の才能を、使わせてほしい』

才能。

それは翔子にとって好きな言葉ではなかった。

だが、綾女は続ける。

『心配しなくてもいい。……ここは、翔子がいた陸上部とは違う』

綾女は普段通りの淡々とした声音で言う。

『翔子には才能がある。でもこの空は、翔子が思っている以上に広い。……翔子にどれだけの才能があっても、そう簡単にエースになれるほど、この空は浅くない』

それは、翔子の心情を完全に見透かしていないと、出てこない言葉の数々だった。

だから綾女の言葉は、翔子の胸に真っ直ぐ届いた。

『それに――エースになるべき人は他にいる』

綾女は普段よりも強い語気で言った。

その言葉を聞いて、思い浮かぶのはただ一人。

「……花哩」

『そう』

綾女は肯定した。

『貴方がエースの肩書きを背負う必要はない。この空には、貴方よりもエースの座を求めている人がいる』

重たかった全身が、軽くなった。

たった一人の少女を思い浮かべるだけで、全身を縛っていた枷《かせ》が消えた。

『だから、お願い。花哩を――未来のエースを守って』

枷が消えた今、その願いを拒絶する理由はどこにもない。

眼前に鎮座《ちんざ》するＥＭＩＴＳ《エミッツ》の群れを見据え、翔子は――応えた。

「――任せろ」

翡翠《ひすい》の外套を翻し、翔子は戦場へ飛び立った。

◆

同時刻。浮遊島の外周にて。

花哩は、自らを無視して浮遊島に向かう蝗たちに、大きく舌打ちした。

「……最悪。飛翔外套《コート》がこんなに脆《もろ》いなんて、聞いてないんだけど」

怒りと諦念《ていねん》を綯い交ぜにした感情を吐き出し、花哩は己の飛翔外套《コート》を一瞥した。

真紅《しんく》の外套は、EMITS《エミッツ》の攻撃によって右半分が大きく引き裂かれている。この破損が原因でまともな飛翔ができずにいた。

今の花哩はその場で浮くことで精一杯だ。

(この状況で襲われたら即死ね。幸いEMITS《エミッツ》は、浮遊島への襲撃を優先しているみたいだけれど……それもいつまで保つか)

亜種を除いたEMITS《エミッツ》は人間よりも浮遊島を優先的に襲撃する。幸い蝗《タイプ・ローカスト》型はその特徴が如実に表れる種だ。群れの出処を探るべく浮遊島から遠くに来たことも功を奏し、今の花哩はEMITS《エミッツ》の標的にならずに済んでいる。

その時、悲鳴が聞こえた。

「いや、誰か――っ!?」

遙か前方で、特務自衛官と思しき人物が蝗の群れに応戦していた。

だが形勢が悪いのか、今にも蝗の軍勢に押し潰されてしまいそうだ。

「く――っ!? 間に、合えッ!!」

花哩の身体が反射的に動く。痛む全身に鞭打《むちう》って、狗賓の引き金を絞り続けた。

放たれた灰色の光線は、狙い通り蝗を貫通する。

間一髪で危機を免れた特務自衛官は、放心した後、花哩の存在に気づいた。

一つの命が救われたことに、花哩は達成感を覚える。

同時に――己の死期を悟った。

狗賓を使ったことで、花哩は周囲の蝗たちに、一斉に敵と認識された。

脇目も振らずに浮遊島を目指していた化け物たちが、四方八方から花哩へと襲い掛かる。

「危ない!」

先程助けた自衛官が、こちらに向かって手を伸ばした。しかし、蝗たちの群れによって
その姿は瞬く間に見えなくなった。……折角助けた命だ。どうか無事に生き残ってほしい。

「ったく……勿体《もったい》ないわね。ここから、面白くなりそうだったのに……」

思い浮かべるのは、美空《みそら》翔子という少年だ。

未練があるとすれば、あの男の行く末がもう見られないこと。美空翔子の存在は花哩た

ちに様々な影響を齎《もたら》した。その変化による結果を、もうこの目にすることができない。

翔子が来てから、ラーラは歪《いびつ》な形とはいえ異性との会話ができるようになった。綾女は以前と同じに見えるが、ここ最近はどこか楽しそうに過ごしているようにも思える。そして花哩もまた、翔子の怠惰《たいだ》な性格や才能に、一喜一憂したものだ。

自分たちは今、変化の最中にある。ここ数日で何度もそれを実感した。

だからこそ、その途上で死ぬのは残念で仕方ない。

「あとは、任せたわよ」

誰に言ったのかは分からない。綾女でも、ラーラでも、翔子でも。……信頼できる相手なら誰でもいい。

最後に人助けができたのだ。未熟な自分にしては上出来な結末だろう。

黒い顎が迫り来る。花哩は覚悟を決め、目を瞑《つむ》った。

だが、その時。

放り出された花哩の掌《てのひら》を――温かな何かが掴《つか》んだ。

「――大丈夫か？」

瞼《まぶた》が閉じる寸前。

細められた花哩の瞳に、翡翠の影が映った。

「……え？」

見覚えのあるシルエットに、花哩が微かに声を漏らす。

硬直した花哩の身体は次の瞬間、逞《たくま》しい両腕に抱えられ、素早く運ばれた。

「嘘……」

瞬《まばた》きをしている間に、EMITS《エミッツ》の包囲網を抜け出していた。

目の前にあるのは青々とした空のみ。

化け物の群れは、直下で一様に首を傾げている。

「翔、子？」

自らを抱えるその人物の顔を、花哩は見つめた。

翡翠の外套を身に纏い、古倉花哩の身体を抱えるその少年は、普段通りの無気力な瞳を小さく揺らす。翔子はその表情に疲労感と、僅かな安堵を浮かべていた。

「な、なんで、あんたが、ここに……」

花哩は知っていた。

翔子は空を飛ぶことは好きだが、EMITS《エミッツ》との争いには消極的だ。

美空翔子にEMITS《エミッツ》と戦う理由はない。

だからこそ花哩は翔子を置いて戦場へ向かったのだ。

だというのに、この男は何故ここにいるのか——。

「——、馬鹿！　なんで来ちゃったのよ！」

折角、遠ざけたのに——その思いが花哩の感情を暴走させる。

「花哩を助けるためだ」

翔子は当然のように告げる。

次の瞬間、その眦《まなじり》が鋭くなる。

「バランスが取りにくいから背中に回ってくれ」

そう告げられ、花哩は翔子の首に手を添え、背後に移った。

瞬間、翔子は飛翔した。

十年近く飛翔外套《コート》を使用している花哩と遜色《そんしょく》ない滑らかな軌道。無駄のない動きで蝗の包囲網を抜け、そこで再び停止する。

狗賓を落とさないよう注意を払いながら、花哩は眼前の戦域を眺めた。周囲にも蝗は無数に飛び交っているが、浮遊島付近には更に数が多い。

「出雲に避難する」

翔子は短く告げた。

「……危険よ。浮遊島に近づけば近づくほど、敵の数は多くなるわ」

「でも、あそこしか安全な場所はないだろ」

その通りだ。EMITS《エミッツ》はエーテル粒子を追う習性を持つ。浮遊島への侵略を諦めたEMITS《エミッツ》が、次に翔子たちのITEM《アイテム》が放つエーテル粒子の臭《にお》いに引き寄せられないとは限らない。安全に生き残るためには浮遊島に行くしかない。

「あんたに、できるの？」

「知らん。でも――やるしかない」

迫り来る蝗たちを前に、翔子の無気力な黒い眼が、深く沈む。

黒い塊が視界を埋め尽くすと同時に、翔子は大きく曲線を描いて飛翔した。

退避している最中、塊の奥から更に無数の蝗が顔を覗《のぞ》かせる。

このルートでは避けられない。そう判断した翔子は――瞬時に他の道を選び、それに従って進行方向を変える。

翔子はそのまま、蝗たちの群れの合間を縫うかの如く、全身を捻《ひね》って飛翔した。

「……凄い」

思わず、花哩が感嘆した。

翔子の飛翔は、既に花哩では実現できない軌道を幾つも描いていた。その節々《せつせつ》から翔子の才覚が伝わってくる。

「所詮《しょせん》、俺は偽物だ」

だが翔子は、冷めた目で化け物たちを見据えながら言う。

「以前、俺が陸上部にいたことは話したよな？」

唐突に何かを語る翔子に、花哩は困惑しつつも頷いた。

「エースという肩書きを押しつけられた時は、本当に辛かった。誰も助けてくれないし、皆が敵のように見えた時すらある」

羽音を響かせて接近するＥＭＩＴＳ《エミッツ》を冷静に回避して、翔子は言う。

「でも、今になって思うことがある。……本物のエースがいれば、あんなことにはならなかったんじゃないかって」

翔子は真っ直ぐ前を見ていた。

だがその頭は、きっと過去を想起《そうき》しているに違いない。

「期待に押し潰されず、注目にも物怖《ものお》じしない。そんな本物のエースがいれば、俺のような名ばかりのエースが生まれることも、きっとなかった」

翔子は、背中に乗っている花哩を一瞥する。

「だから……花哩。頼んでいいか？」

絞り出したような声で、翔子は告げる。

「本物のエースになってくれないか？」

花哩を見つめる翔子の目は、尊敬と不安が滲《にじ》んでいた。

頼んでいいか？　――エースが背負うべき重責を。

告げられた言葉の裏には、翔子の助けを呼ぶ声が隠されていた。

それに気づいた花哩は、小さく笑みを浮かべる。

「……ふん、言われるまでもないわ」

花哩は堂々と……今までと同じように、真っ直ぐ翔子に告げる。

「私は、この空のエースを目指す。あんたみたいな偽物とは違う、本物のね」

花哩の覚悟を聞いて、翔子は静かに微笑んだ。

「……そうか」

目の前には無数のEMITS《エミッツ》がいる。

だが、翔子は清々しい気持ちに包まれた。

「なら――俺は安心して飛べそうだ」

恐れるものは何もない。

四肢を縛っていた鎖から解き放たれたかのように、翔子は全身で自由を感じていた。身体も頭も軽い――軽すぎる。集中力はかつてないほど研ぎ澄まされた。

以前、花哩と仲違《なかたが》いして和解した後、翔子は違和感を覚えた。

本当にこれでいいのか？　その疑問に今なら答えられる。

このままでいいはずがなかった。

花哩は、翔子のことを知って変わろうとした。しかし翔子は何も変わろうとしなかった。

相手に要求だけして自分は怠惰なまま過ごそうとしていたのだ。

――花哩を助ける。

それが、重責を背負ってくれた少女に対する誠意だ。

理解してくれた仲間に対する覚悟だ。

翔子は安堵に満ちた瞳でＥＭＩＴＳ《エミッツ》の大群と対峙する。

その瞳が、広大な空を見渡すべく、静かに見開かれた。

「行くぞ」

翔子は飛んだ。

出雲に近づくにつれ蝗たちの密集度は増していく。現状、最も危険な空域は障壁付近ではなくその手前だろう。自衛官と蝗たちの乱戦が繰り広げられているそこは、下手に突っ込めば巻き込まれる可能性がある。

今――最も熾烈《しれつ》な戦いが繰り広げられている領域へ突入した。

特務自衛官が暴れるこの空域では、蝗たちも明確な敵意を持って行動している。一匹一匹が翔子を標的に見据え、襲い掛かってきた。

横合いから飛んで来る蝗の巨体を、翔子は軽々と回避した。

その直後、今度は正面と、背後から別の個体が飛来してくる。

「翔子、後ろッ！」

焦燥《しょうそう》に駆られた花哩が叫ぶ。

「大丈夫だ。――俺の眼を信じろ」

刹那《せつな》、翔子が右足で空を踏み抜いた。

甲高《かんだか》い音が響くと同時、前方に飛翔していた翔子の身体が、ぐん、と直上へ跳ねる。その真下で二匹の化け物が頭蓋を衝突させた。

「…………嘘」

背負われている花哩は、ただ呆然と、先程の一部始終を頭の中で反芻する。

飛翔外套《コート》のアーツを用いたことも十分驚愕に値するが、それ以上に――。

――今、翔子は後ろを見ていたか？

見ていないはずだ。なのに、どうして反応できた？

この男の眼には、一体何が映っている？

「……『空の眼』」

震えた声で花哩が呟いた。

初等部の頃から、『空の眼』の話は都市伝説として何度も耳にしてきた。

だが今、確信する。

『空の眼』は間違いなく実在する。

しかし、そこで花哩は――見過ごせない事実に気づいた。

「ば、馬鹿！　《ステップ》は使っちゃ駄目なんでしょ⁉」

「そんなこと、言ってる場合じゃないだろ」

四方から蝗が迫り来る中、翔子は回避するための経路を探す。

狭い隙間を幾つか見つけて、その一つに身体を滑り込ませた。

隙間を抜けた先では、まるで待ち構えていたかのように大量の化け物がこちらを向いている。通常の方向転換では間に合わない。

翔子は再び《ステップ》を使用する。

大きく右に跳んだ後、追跡を避けるため、更にもう一度《ステップ》を繰り出した。二度の急加速によってＥＭＩＴＳ《エミッツ》との距離が空く。

「――っ」

翔子が苦悶《くもん》の表情を浮かべる。やはり足が痛むようだ。

このまま無茶を続ければ、翔子の足は歩くことすらできなくなるかもしれない。それが如何《いか》に残酷であるかは、健常者である花哩にも容易に想像できる。

これ以上、《ステップ》を使わせたくない。

なら――。

「翔子。《ステップ》はできるだけ使わないで」

「だから、そんなこと言ってる場合じゃ――」

「代わりに、他のアーツを教えるわ」

忘れてはならない。

美空翔子は、空を飛ぶことに関しては天賦《てんぷ》の才を持っている。

「エーテル粒子を足の裏と背中に集めなさい。《ステップ》が宙を蹴るアーツなら、今から教えるのは宙を滑るアーツよ。スケートのように、氷上を滑るようなイメージを思い浮かべて」

花哩の言葉を聞いて、翔子は意識を集中させる。

大事なのは感覚だ。足裏に集まる粒子が氷上であるかのように……思うのではなく実際にそうであると感覚として認識する。意識で命じるのではない。そうであることが自然であるように、思い込む。

EMITS《エミッツ》の軍勢が襲いかかる。

だが翔子も、花哩も、冷静だった。

「その状態で、足を基点に——大きく旋回ッ!!」

化け物の大群が押し寄せる直前、花哩が最後の指示を出す。

刹那、翔子は《ステップ》の時と同様に、足を目の前に突き出した。だが《ステップ》の時に感じる負荷はない。

柔らかな風に包まれたかのように、翔子の身体は、前に出した足を中心に右へ傾いた。

そのまま飛翔速度を落とすことなく、大きく斜め前へと旋回する。

恐ろしいほどの急旋回は、滑らかな軌道を描いた。

粒子の放出によって空に描かれた翡翠の曲線は、獰猛《どうもう》な獣が残す鋭利な爪痕《つめあと》のようだった。

「こうか？」

「ええ！　《スライド》ってアーツよ、覚えときなさいっ！」

速度を全く落とさない方向転換を可能とするアーツだ。

流麗な曲線を描きながら、翔子は飛ぶ。

やはり、この男は天才だ。

花哩は心の底から翔子を賞賛する。たった一回の説明で、しかもその場でアーツを習得するなんて、前代未聞にも程がある。

EMITS《エミッツ》の襲撃は止まらない。

だが翔子も新たに覚えたアーツを駆使して避ける。

前後左右。四方八方。大小様々な爪痕を空に残す翔子は、空で舞っているようだった。

無駄のない軌道で化け物の間を潜り抜ける。僅かな間隙も逃さない。

（これは…………駄目ね）

花哩は苦笑した。

翔子は目立つのが嫌いだと言った。自分はエースになるべきではないと言った。

だがこの才能は絶対に隠しきれない。

いつか必ず露見してしまう。

花哩は一瞬だけ、翔子が苦しめられたという陸上部のコーチに共感した。

きっとそのコーチも、今の自分と同じ感情を抱いてしまったのだろう。

強すぎる才能は人の目を眩ませる。

この才能は、絶対に日の目を見るべきだと考えてしまう。

美空翔子は近い将来、名を馳《は》せることになるだろう。

再び天才と——エースと呼ばれてしまった時、翔子はどう思うだろうか。

そんな未来を潰す方法は、一つしかない。

(——追いつけばいい)

誰かが翔子に追いつけばいいのだ。

突出するから目立つ。ならば、それに食らいつく者がいればばいい。翔子が頭一つ抜きん出ようとするなら、同じように前に出る者がいればいいのだ。

それができるのは——翔子にとって、最も身近な仲間である自分たちだ。

そして、エースになると誓った自分だ。

(私が——エースになるんだッ!!)

決意を一層強くする。

花哩はその手に握る狗賓を構えた。

「援護するわ！」

後方へ身体を捻る。空を満遍なく活用して飛翔していた翔子が、花哩の動きに合わせて直線的な滑空をした。

迫り来る二匹のEMITS《エミッツ》と翔子の相対速度が限りなくゼロに近づく。

その瞬間、花哩は狙いを定め、引き金を絞った。

弾丸が炸裂する。

二匹のEMITS《エミッツ》は羽ばたきを止め、後ろの数体を巻き込んで落下した。

「ナイスショット。流石だな、未来のエース」

「ええ。――後ろは任せなさい。私が全部、撃ち落とすッ！」

翔子と花哩が、互いに不敵な笑みを浮かべる。

翡翠の爪痕と灰色の光弾を撒《ま》き散《ち》らし、翔子たちは浮遊島出雲へと近づいた。翔子が眼前の蝗とは真逆の方向へ両足を伸ばす。頭から蝗に突っ込むような体勢になったその身体が、スライドによって蝗を中心に半円を描くように飛翔した。

蝗の直上。逆さまになった翔子の視線が、真下にいる標的を見据える。

蝗の黒い眼も翔子を捉えた。だが次の瞬間、その黒い眼には花哩の研ぎ澄まされた眦が映る。同時に、花哩が構える狗賓の銃口が眩《まばゆ》い光を放った。

「――舐《な》めるな」

「──舐めんな」

弾丸が放たれる。

真下にいた蝗の身体が四散した。

『──しょ、しょうこちゃん！　聞こえますか⁉』

その時、端末がラーラからの通信を受け取った。

「ああ、聞こえてるぞ」

『今から浮遊島までの道を作ります！　指定するポイントへ向かってください！』

網膜上のスクリーンに、浮遊島周辺のマップとルートが表示される。

そのルートの先には、無数のＥＭＩＴＳ《エミッツ》が待ち構えていた。

無策で突っ込めば確実に死ぬ。

しかし、翔子は──。

「──分かった」

仲間を信じる。速度を上げて、ラーラの案内に従って空を駆けた。

暗雲が迫る。このままＥＭＩＴＳ《エミッツ》たちの群れに接触すれば、次の瞬間には誰の目に留まることもなく食い殺されてしまうだろう。

刹那。

群青の砲撃が風を穿つ轟音《ごうおん》と共に、黒雲を切り裂いた。

『行け、翔子！』
通信から達揮の声が聞こえる。
いつの間にか自分たちの知らないところで、ラーラは達揮とも連携していたようだ。
化け物たちが焼き払われた瞬間、目の前に大きな道が現れる。
それが再び化け物たちに埋められるよりも早く——翔子は飛んだ。
「駄目、間に合わないわ!?」
EMITS《エミッツ》たちがすぐに翔子を囲む。
切《き》り拓《ひら》かれた道が、再び閉じてしまう直前——。
『斜め四五度、下へ』
淡々とした声が耳元から聞こえる。
その指示に従い、高度を下げた直後、紫紺《しこん》の砲撃が辺りのEMITS《エミッツ》を一掃した。
もう一人の適性甲種。綾女の攻撃だ。
「綾女……浮遊島から出てこられないんじゃ……？」
『理事長の娘権限』
浮遊島のすぐ傍で、綾女が天銃《バレット》を構えながらそう告げる。
再び道は開いた。
後は——真っ直ぐ飛ぶだけだ。

「頭を、下げるんだったな」
より疾《はや》く空を飛ぶためには、体勢が重要。
以前、花哩に言われたことを思い出して翔子は飛翔する。
達揮との模擬戦では中断されたが――今度こそ、翔子は全速力を発揮する。
真っ直ぐ空を飛びながら《ステップ》で更に加速する。
まだ足りない。もっと速くなければEMITS《エミッツ》に捕まってしまう。
更に《ステップ》を――もっと《ステップ》を、何度も使い続ける。
連続で《ステップ》を駆使するのは、流石の翔子でも神経を磨《す》り減《へ》らした。
そのうち集中力に限界が訪れて、失敗してしまうかもしれない。
その時……翔子は閃いた。
――纏めて発動してみるか。
最後の最後まで、翔子は直感に身を任せた。
その直感を現実に叶えてしまうのが、翔子の才能だった。
足の裏に壁を感じている状態で、更にその下にも壁があるイメージ。
二重、三重、四重――遂には五重となった《ステップ》を発動する。
それは通常の《ステップ》とは比にならないほど翔子の身体を加速させた。
パン！　という大きな音が炸裂すると共に、翔子の姿が消える。

「ひあ――ッ!?」

目にも留まらぬ速さで飛翔する翔子に、背中に乗る花哩は悲鳴を上げた。

行ける。そう確信した翔子は、ＥＭＩＴＳ《エミッツ》たちの群れを突っ切った。

「――お届けものだっ」

浮遊島の障壁を超えると同時に、翔子は柄にもなく少し大きな声でそう言った。

体力の限界で身体から力が抜けた翔子は、飛翔の制御を失い、地面を転がる。

「ちょ――っ!?」

放り出された花哩は、綺麗《きれい》な放物線を描き、宙を飛んだ。

そのまま地面に落下する……直前でラーラに受け止められる。しかし勢いを殺すことができず、二人して地面を転がった。

「……………………死ぬほど疲れた」

地面に倒れ伏した翔子は、溜《た》まりに溜まった疲労を吐き出すように溜息《ためいき》を吐《つ》いた。

仰向けに寝転がりながら、全身で荒々しく息をする。傍からはラーラの泣きじゃくる声と、それを宥める花哩の声が聞こえた。

顔に付着した砂を拭うために腕を持ち上げようとするが、力が入らない。

その時、すぐ傍でこちらを見下ろしている綾女に気づいた。綾女は翔子の顔に付着した砂粒を、指で丁寧に拭う。

「お疲れ」

「……どうも」

「ありがとう。本当に、感謝してる」

地面に膝を突き、正座する形で、綾女が翔子に寄り添った。

感情の見えないその顔に一滴の涙が流れていることに気づいた翔子は、漸く、事が全て終わった実感を得た。

「翔子。……貴方は、私が守るから」

「……ん？」

目を瞑って軽く眠ろうかと思っていた翔子に、綾女が語りかける。

「貴方は……私が守る」

その瞳に決意を滲ませて、綾女は言った。

よく分からないが、翔子は取り敢えず「助かる」と答えておいた。

◆

時は遡《さかのぼ》る。

浮遊島がＥＭＩＴＳ《エミッツ》に襲われて、達揮と花哩が戦場へ飛び出した後。

「無事に説得できたようだな」

翔子との通信を終えた綾女に対し、静音《しずね》は微かな笑みと共に言う。

浮遊島の中心地。『臓器《オルガン》』が保管されている場所へと繋《つな》がる、巨大な地下空間。その片隅にある殺風景な地下室にて、綾女は母の静音と対峙していた。

静音は『臓器《オルガン》』を研究する組織の責任者であり、浮遊島のあらゆる区画への立ち入りが許可されている。その娘である綾女も多少の便宜《べんぎ》が図られており、通常の生徒では立ち入りが許されないこの地下空間にも足を運ぶことが許されている。

「そう睨むな、茶化しているわけではない。寧《むし》ろ綾女の成長に感心しているくらいだ。……言葉巧みに仲間を死地へ送り込むとは、流石は私の娘だな」

「お前、本当に殺すぞ」

殺意を発する綾女に、静音は「冗談だ」と肩を竦《すく》めて言った。

無論、綾女に翔子を死地へ送り込む意図はない。先程の通信内容は全て綾女の本音だが、翔子にもできる限り危険な目に遭ってほしくないと思っている。

「……さっさと島の封鎖を解け。このままだと翔子や花哩が危ない」

「封鎖を解くことはできん。……が、お前一人くらいなら外に出してやろう。ただし今すぐは無理だ。警備隊が島周辺のEMITS《エミッツ》を減らすまで待て」

静音が端末を操作しながら言う。

「待っている間、当初の目的でも果たそうじゃないか。……お前が私のもとを訪れたのは、美空翔子について訊《き》きたいことがあるからだろう？」

楽しそうに言う静音に、綾女は怒りを押し殺す。

EMITS《エミッツ》の襲撃が始まる前、綾女は翔子たちと別れた後、一人でこの場所に来ていた。その目的は静音が述べた通り。翔子について尋ねたいことがあったのだ。

「……翔子は、飛翔外套《コート》を貰《もら》った後、すぐにアーツを使用した。……こんなの、常識では有り得ない。才能の一言で片付けられるものじゃない」

あまりにも常識外れであるため、周囲ですらその異常性に気づいていない。

特自の予備役である亮《りょう》ですら、翔子の異常性を完全には理解していない様子だった。しかし静音なら何か知っているかもしれない。綾女はそう判断し、渋々この場所を訪れたのだ。

「ふむ……まあ、お前には言ってもいいだろう」

逡巡《しゅんじゅん》した後、静音は告げる。

「美空翔子の曾祖父《そうそふ》、美空鉄真《てっしん》は陸軍の戦闘機パイロットだった」

大和《やまと》静音は、娘の綾女にそう告げる。

「調べたところ、彼は優秀なパイロットだったようでね。戦闘機の操縦が誰よりも上手く、どんなところからも必ず生還してみせたらしい。……そんな彼は生前、偶《たま》に妙なことを口走っていたそうだ。なんでも――自分は神に愛されている、とか」

妄言のようなその言葉を、静音は含みのある表情で口にした。

「美空鉄真の手記によると、彼は過去に一度だけ死にかけている。だが命が尽きる直前、不思議な光を見たそうだ。雲間から太陽の光以外の、何かの光が下りてきて……それが自分の身体に吸い込まれた途端、痛みがなくなったと手記にはある。以来、彼は先程の言葉を何度も口にするようになったらしい。あれは神の賜物《たまもの》であるというのが彼の考えだ」

「……意味が分からない。その話と翔子が、どう関係する」

「察しが悪いな。この光はエーテル粒子だ」

微かに驚く綾女に、静音は続ける。

「この世界には、『天魔《てんま》』という人種がいる」

静音は良く通る声で告げた。

「『天魔』とは、肉体がエーテル粒子に適合したことで、特殊な力を得た人間のことだ。……例えば都市伝説として囁《ささや》かれている『空の眼』。これは眼球にエーテル粒子が浸透し、適合したことで、視覚が進化したことを表している」

俄《にわか》には信じがたい話を、静音は真剣な面持ちで続ける。

「恐らく、美空鉄真は何かの因果で『天魔』になったのだろう。そして――その素質は、曾孫の世代へと引き継がれていった」

「つまり……翔子も『天魔』だと？」

「そういうことだ。あの少年には、『空の眼』と『空の足』がある」

静音は、二本の指を立てて言った。

「すぐにアーツが使えるようになったというのも、それが原因だろう。恐らく彼は、足を用いたアーツならば何でも自在に使いこなせる筈だ。適合の途中だからか、今は足が痛むようだが、いずれそれも落ち着く」

突拍子もない話だ。

しかし、納得できるところもある。

——美空翔子の空に対する憧憬《しょうけい》は異質だ。

空を飛んでいる時の翔子は、楽しさだけでなく、居心地の良さや安堵も感じているように見える。それはもしかしたら『天魔』としての本能かもしれない。

肉体に宿るエーテル粒子が、美空翔子をこの空へと導いたのかもしれない。

「綾女。これはお前も他人事《ひとごと》ではないぞ。適性甲種の人間は、皆『天魔』に目覚める素質がある。現に金轟……篠塚凜は後天的に『天魔』へと目覚めた。彼女も『空の眼』の保持者だ。後天的に『天魔』になった例は他にも幾つかある」

静音はどこか、楽しそうに語った。

「しかし、恐らく美空翔子は数少ない先天的な『天魔』だ。……通常、エーテル粒子と適合できる部位は一ヶ所のみ。だがあの少年は眼と足、二つの力を所持している。これは先天的な『天魔』ゆえの特徴かもしれん。……もしかすると、あの少年は今後更に進化し続ける可能性がある」

予想がつかない未来を思い浮かべ、静音は唇で弧を描く。

「篠塚達揮は、見ていて安心するだろう？　あれは勝利や成長が約束されているからだ。人はそういう相手を英雄と呼ぶ。……だが、美空翔子を見て、我々が感じるのは動揺か不安だ。あの少年は底が見えない。得体が知れない。どのように変化するか分からない。人はそういう相手を――化け物と呼ぶ」

静音は楽しそうに言った。

「空の化け物……即《すなわ》ち、天の魔物。美空翔子は、まさに『天魔』そのものだ」

美空翔子の正体が明かされる。

全ての説明を聞き終えた綾女は……苛立ちを露にしていた。

「どうした？　険しい顔をしているが」

「……友人を化け物呼ばわりされて、嬉しい筈がない」

「ふむ……すまない。少々デリカシーに欠けたようだ」

形だけの謝罪だ。

しかし綾女も、謝罪を求めているわけではない。

「私にとって、翔子は大切な友人であり、同じ班の仲間。……『天魔』なんて関係ない」

悪趣味な母に向かって、綾女は態度を変える気はないと宣言する。

静音は薄らと笑みを浮かべた。

「私としても、あの少年には是非ともこの島で活躍してもらいたい。しかし……問題は精神面だな。岩峯《いわみね》の情報によると、あの少年はあまりプレッシャーに強くない……いや、好きではないようだ。これでは宝の持ち腐れとなるケースも……」

「問題ない」

はっきりと、綾女は言う。

「かつて彼がプレッシャーに敗れたのは、誰も彼の隣に立っていなかったから。プレッシャーを分け合うことができる、本当の仲間さえいれば、翔子はきっと戦える」

美空翔子の過去を知る綾女は、あの少年に必要なものを理解していた。

「私も……仲間として、翔子を支える」

綾女がそう告げると、静音は目を丸くした。

「珍しいな。お前がそこまで入れ込むとは。……惚《ほ》れたか？」

「……さぁ。ちょっと気になってる、けど」

「私が言うのもなんだが、大和家の女性は恋愛下手だから気をつけた方がいいぞ。コツは自分の感情を大切にすることだ」

静音は愉快そうに言った。

綾女からすると、こんな母と結婚した父の方が恋愛下手のように思えた。まあ、その結果として自分が生まれたので文句は言えないが。

「なんにせよ、お前が支えるなら美空翔子も安心だな」

静音は、柔らかく笑む。

「親の欲目かもしれないが……私は、この空で一番の天才は誰かと訊かれたら、金轟でも銀閃でもなく、篠塚達揮でも美空翔子でもなく、お前の名前を答えるよ」

上機嫌に静音は語る。

親の欲目と口にしておきながら……静音は親の眼差《まなざ》しではなく、研究者がモルモットを観察するような冷酷な眼差しを、目の前の少女に注いだ。

「適性甲種を超えた、世界でただ一人の適性虚種……大和綾女」

母親の舐めるような視線を感じ、綾女は顔を顰《しか》める。

ほんの少し前に、綾女は翔子にこう伝えた。

どれだけの才能があっても、そう簡単にエースになれるほど、この空は浅くない。

ここにも一人――――天才が潜む。

# 終章

SLEEPING ACE OF THE
FLOATING ISLANDS,
ENJOYS CADET
SCHOOL LIFE

特務自衛官の健闘の末、EMITS《エミッツ》の襲撃による被害はどうにか許容範囲内に抑えることができた。

重傷を負った者はいるが、それでも死者はいない。武器の消耗も著しいが、一ヶ月も経《た》てば十分に補充される程度である。

襲撃が完全に止《や》んだ後、翔子《しょうご》たちはまず亮《りょう》に説教を受けた。

当然ながら、本来ならばこの戦いに学生が参加する資格はない。それは実力面でも言えることだが、何より自衛隊には自衛隊の作戦があるのだ。学生という異分子が存在すると、作戦が正常に機能しない可能性がある。花哩《はなり》や達揮《たつき》によって救われた人もいるかもしれないが、同様に、二人が参加したことで危険な目に遭った者もいるかもしれない。

亮の話を聞いて、花哩たちは潔く反省した。

「それにしても、ラーラはいつの間に達揮と連携していたんだ？」

説教を受けている間、翔子はこっそりと隣のラーラへ質問する。

「えっと、その、しょうこちゃんが花哩さんを助けに向かった後くらいですね。貴方《あなた》のせいで、花哩さんが危険な目に遭っていると言ったら、すぐに協力してくれました……」

「あながち間違いじゃないからなぁ……」

中々辛辣《しんらつ》なことを言ったようだ。

確かにあの時、先に飛び出したのは達揮である。あの男が自制していれば花哩も飛び出さなかった……かもしれない。

しかし、最後に見た達揮の砲撃は凄《すさ》まじかった。

たったの一発で何十体ものＥＭＩＴＳ《エミッツ》を葬《ほうむ》っていた。説教を受けている今、こんなことは口が裂けても言えないが――もしこれが独断行動でなければ、達揮は多くの者に称賛されていただろう。

（達揮は、凄い奴《やつ》だ）

性格は合わないがリスペクトはする。

頭を下げて深く反省している達揮を、翔子は黙って見つめた。

説教が終わったのは、時刻が午後五時を過ぎた頃だった。

◆

夜。

こってりと絞られた古倉班《こくらはん》のメンバーは、寮舎自室の居間にてローテーブルを囲むように集っていた。

但しその集まりは四人ではなく、三人と一人だった。テーブルを囲む三人に、残る一名は少し離れた位置でポツンと孤立している。三人はそれに見向きもしない。

テーブルに置かれた鍋がぐつぐつと音を立てる中、綾女《あやめ》が口を開く。

「……第二回。反省会を始めます」

「いぇーい」

「い、いぇーい」

ここからが本当の説教の始まりである。

綾女の言葉を皮切りに、翔子も気の抜けた声を発す。恐る恐る声を上げたラーラは、申し訳なさそうに孤立する人物を見た。

「……今回のお題は、警報が鳴ったにも拘《かかわ》らず、戦場に突っ込んだ馬鹿について」

綾女がそう告げると、三人の視線が花哩に注がれる。

花哩は腕を後ろ手に縛られていた。おまけに絨毯《じゅうたん》の上ではなく、フローリングの上に座っている。正座する彼女の太腿《ふともも》の上には、ラーラ秘蔵の漫画や雑誌が高く積まれ、石抱《いしだ》きの拷問《ごうもん》に掛けられているようだった。

「……取《と》り敢《あ》えず、花哩はしばらく単独行動禁止。日課のランニングは勿論《もちろん》、放課後も常に誰かを同伴すること」

「そ、そこまでしなくてもいいじゃない！」

「黙れ」

そう言って綾女は、鍋から取り出した豆腐を花哩の口元へ近づける。

「あ、あふいっ!? 止めっ――あふい！　あふい、あふいっ!!」

花哩が悲鳴を上げる。だが誰も助けはしなかった。

「いい気味だな。……お、これ旨《うま》い」

マイペースに食事をしていた翔子が、つみれを頬張りながら言う。

その様子に、綾女が不機嫌そうに目を細めた。

「というか、私は貴方にも言いたいことがある」

「俺？」

「花哩のストッパーになってほしいと言ったのに、花哩のこと応援した」

「応援？　……ああ、花哩のエースになるっていう目標のことか？」

「そう」

綾女が頷《うなず》くと、漸《ようや》く豆腐を飲み込んだ花哩が、勝ち誇ったような笑みを浮かべる。

「ざーんねーんでしたーっ！　翔子は私の味方ですぅー！」

「……お陰で、以前にも増してウザくなった」

綾女が溜息《ためいき》を吐《つ》く。

花哩を一瞥《いちべつ》してみると、彼女は期待と自信に満ちた瞳で、こちらをチラチラと見ていた。しまいにはウィンクまで飛ばされ、思わず溜息を吐く。

「まあ……なんだ。綾女も自分で言ってただろ。成果を重視する人もいれば、楽しむことを重視する人もいるって。なら、前者も尊重するべきだと俺は思う。たとえ危なっかしくても、理解できなくても、その目標自体が悪いとは思わなかったんだ」

そんな翔子の言葉に、花哩は感激のあまり瞳を涙で潤わせた。

だが、翔子が続けて言う。

「――とはいえ、それは他人に迷惑をかけなければの話だ」

そう言って翔子は小皿に鍋の具材を入れ、立ち上がった。

そして、花哩の傍《そば》で屈《かが》み、割り箸で掴《つか》んだ鍋の具材を花哩に食べさせる。

「あふい！　ひょうほ、ひゃめて！　あふい！」

「花哩の目標は応援するが、それはそれ、これはこれだ。特に俺は、お前のせいで死にかけたわけだしな。罰は受けるべきだと思う。……ラーラ、大根取ってくれ」

「ほれはけはひゃめて！」

熱々の汁を吸った大根を近づけると、花哩は本格的に泣き出しそうになった。

「わ、わかったから！　私が悪かったから！　もう無茶しないから！」

「本当か？」

「ほ、本当よ！　もう絶対にしない！　約束する！」

切実に謝罪する花哩に、綾女はゆっくりと瞬《まばた》きする。

「……なら、もういい」

「や、やっと終わった……」

「でもさっき言った罰は実行する」

「えっ!?」

「絶対実行する」

明らかに気を抜いた花哩を、綾女は鋭く睨《にら》む。流石《さすが》に観念したのか、花哩は消え入りそうな儚《はかな》い声で「はい……」と了承した。

花哩の単独行動と、日課のランニングが当分禁止された瞬間だった。

「……じゃあ、反省会はこれで終了ということで」

花哩が鍋の傍に座り、四人は夕食を取り始めた。

たわいもない会話が飛び交い、和気藹々《わきあいあい》とした空気が生まれる。

「あ、飲み物が、もうなくなっていますね」

翔子と綾女が最後の糸こんにゃくを取り合う一方、ラーラが冷蔵庫を覗《のぞ》いて言った。

「買ってくるぞ」

「あんた飛びたいだけでしょ」

花哩は呆《あき》れた様子で翔子に言った。

「……偶《たま》には、皆で行く？」

綾女の提案に、他三人は顔を見合わせ、頷いた。

四人は部屋着の上に飛翔外套《コート》を纏《まと》い、靴を履く。リビングにある空に面した大窓を開き、一斉《いっせい》に夜空へ飛び立った。

春の夜風が吹き抜け、四人の外套《がいとう》が微《かす》かに揺れる。

「ちょっと寒いですね」

「ん。……でも、鍋のお陰で身体が温かいから、丁度良い」

ラーラと綾女が少し先を進む中、翔子と花哩はその後を追う形になる。

二人の後ろ姿を見て、花哩は申し訳なさそうに目を伏せた。

「花哩、どうした？」

「……なんでもない。ちょっと反省してるだけ」

花哩は小さな声で言う。

「駄目ね……私、また皆に迷惑を掛けちゃったわ」

翔子の隣で、花哩が弱音を吐いた。

「でも一歩、進んだんじゃないか？」

そう言って、翔子は万能端末《ナビ》の画面を花哩に見せた。

画面には、先程のＥＭＩＴＳ《エミッツ》襲撃に関する記事が表示されていた。戦闘に参加した自衛官がその時の様子をインタビュー形式で説明している記事だ。

その記事の片隅に、一人の女性自衛官の話が載っていた。

なんでも、その自衛官は、天防学院《てんぼうがくいん》の学生に命を救われたとのことだ。

女性自衛官の命を救った学生は、紅色の飛翔外套《コート》を纏っていたらしい。

記事を読んだ花哩は、目尻に涙を溜めた。

「……約束するわ」

震えた声で花哩は告げる。

「私は、あんたより才能ないけれど……いつか絶対に、あんたを超えてみせる」

目尻に涙を溜めた花哩は、真《ま》っ直《す》ぐ翔子を見据えた。

「だから、あんたは安心して飛びなさい。この空を、誰よりも自由に」

「……言われなくても、そうするつもりだ」

花哩の頼もしさに、翔子は思わず笑みを浮かべる。

吹き抜ける風がとても心地《ここち》よかった。今の自分にとって、この空は手を伸ばすだけで簡単に届く。それが無性に嬉《うれ》しくて、気持ちを穏やかにしてくれた。

『裏切らないであげて』

ふと、篠塚凜《しのつかりん》に言われたことを思い出す。

——裏切らないさ。

どんな目に遭っても、どんな理不尽を被っても、この空は何も変わらない。

なら自分は、きっとこれからも空を好きでいられるだろう。

翔子と花哩は互いに顔を見合わせ、同時に空を舞った。

月下。

夜の帳《とばり》が下りた世界で、四人の外套が翻る。

◆

美空《みそら》翔子が、浮遊島を訪れる前――。

特務自衛隊の基地にて。

飛翔外套《コート》を纏った銀髪の少女が、廊下を歩きながら盛大に怒鳴っていた。

「信じられませんわ！　信っっっじられませんわ！　ほんっっっっとうに――――信じられませんわっ!!」

甲高《かんだか》い声が基地中に響く。

彼女の怒りは、隣を歩く黒髪の少女に向けられていた。

「アミラ、うるさい」

「うるさくても結構！　今回ばかりは納得できませんわ!!」

浮遊島が生んだ英雄の一人、アミラ＝ド＝ビニスティは顔を真っ赤《まっか》にして怒る。

もう一人の英雄である篠塚凜は、そんな彼女の態度に動じることなく歩いていた。

「貴女――実の弟ではなく赤の他人に推薦状を渡したなんて、正気ですのっ!?」

アミラが叫ぶ。

それが怒りの理由だった。

推薦状。

それは特務自衛隊の中ではつば付きとも呼ばれている制度であり、ただ誰かを浮遊島に招くためだけのものではない。

推薦状は信頼と責任を示す。

凜は先日、とある少年に天防学院への推薦状を渡した。彼ならばきっと天防学院でも上手《うま》くやっていけるだろうという思いの表れである。これが信頼だ。

だが同時に、彼が万一大きな事件でも起こそうものなら、その責任は凜が背負うことになる。また彼が将来、特務自衛隊に入るなら、恐らく自分がその面倒を見ることになるだろう。これが責任だ。

だから推薦状は、安易に渡すべきものではない。

相手のことを慎重に見極め、全幅の信頼を寄せられると判断した場合のみ渡すものなのだ。

それなのに、凜は――初対面の相手にいきなり推薦状を渡した。

凜の行動はいつも周りに理解されない。アミラもそれは分かっていたが、今回ばかりは納得できなかった。

「少なくとも私は正気のつもりよ」

「だとしたら貴女の目は腐っていますわ!!」

そう言って、アミラは視線を落とす。

「貴女の弟、篠塚達揮がどれほど努力しているか知っているでしょう？　あの子が、貴女から推薦されたがっていたのは火を見るよりも明らか。……あまりにも酷ですわ」

そんなアミラの発言に対し、凜は少し考えてから口を開く。

「埋《うず》もれている才能を掘り起こすことが、推薦状の本来の目的だと思うわ」

「っ」

その言葉を聞いて、アミラは口を噤《つぐ》んだ。

相変わらず、この女は――妙《みょう》なところで核心を突くような発言をする。

それが天才ゆえのものなのかどうかは知らないが、こういう発言がある度にアミラは唇を引き結んだ。普段はぼーっとしているくせに、偶に深いことを言うから、まるで自分が浅い生き物なのではないかと錯覚してしまう。

この感覚には慣れが必要だ。

篠塚凜の独特な雰囲気。これに慣れることができない者は、凜と関わるうちにどんどん自分が矮小《わいしょう》な存在なのではないかと感じてしまい、最終的には心が挫《くじ》ける。

アミラは凜の雰囲気に慣れることができた、数少ない一人だった。

だから、凜の考えをちゃんと理解した上で再び口を開く。

「……わたくしは、そうは思いませんわ。推薦状は、ちゃんと努力している人に報いるためのもの。過酷な努力を続けている人に手を差し伸べるものだと思いますわ」

「……それも一理あるわね」

凜は、こう見えて相手の意見には耳を傾ける。

アミラの意見を聞いて、凜は「確かに」と首を縦に振った。

廊下を歩く。

二大英雄が肩を並べる光景は、彼女たちの同僚である特務自衛官でも中々慣れない。そのため先程から注目は浴びていたが、声を掛ける者は一人もいなかった。

「アミラ。心配しなくても、私の判断はきっと間違ってないわ」

「……何を根拠に言いますの」

「私が推薦した子、眼《め》を持っていたから」

「……はい？」

「まだ一度も空を飛んだことがないのに、私と同じものが視えていたの。……凄いと思わない？」

ほんの少しだけ——凜は楽しそうに笑って言った。

だがアミラは、そんな凜の表情の変化に付き合っている場合ではなかった。

「凄い！　どころでは！　ないですわ――ッ!!」

アミラの声が、基地内に響き渡る。

「冗談ではありませんわ！　わたくしがどれだけその眼を欲しているのか、貴女も分かっているでしょう！」

「ええ」

「世の中は、理不尽ですわ……!!　まさか地上で育った人に、その眼が宿るなんて……っ!!」

アミラは本気で落ち込んでいた。

良くも悪くも素直な少女だ。喜怒哀楽を隠さないその生き様は、どこか見ていて清々しい。

そんなアミラのことを凜は気に入っていた。……本人には伝えないが。

「……その子が貴女の二世にならないことを祈っていますわ」

「多分、その心配は無用よ」

窓の外に広がる空模様を眺めながら、凜は言う。

「勘だけど、あの子……適性はそんなに高くないわ」

意外な情報を聞いて、アミラは目を丸くした。

特務自衛官の中でも群を抜いて優れている凜とアミラは、この空に特殊な眼があることを薄々勘づいている。

厳密には眼だけではない。例えば日本にもう一つある浮遊島常磐《ときわ》には、特殊な耳を持つ者がいる。更に中国の浮遊島には、特殊な手を持つ者もいる。

彼らはこの空で天才と呼ばれ、いずれも英雄のような活躍を遂げていた。

しかし、必ずしも適性が高いわけではない。

凜は、自身の眼に特殊な能力が宿った原因をエーテル粒子だと推測していた。

仮にこれが肉体とエーテル粒子の適合によるものだった場合、適性も高くなるような気がする。だが実態はそうではない。

その理由は恐らく……適性の定義によるものだ。

適性とは、ざっくり説明するとエーテル粒子の力をどれだけ引き出せるかというものになるが、その殆《ほとん》どが内蔵粒子の最大値によって決定される。

内蔵粒子とは文字通り、人の体内にある粒子だ。

ITEM《アイテム》を使う時は内蔵粒子を消費する。

凜はこれまでの戦いで、何度か内蔵粒子を使い切ったことがあった。

しかし、内蔵粒子が底をついても眼の効果が消えることはなかった。そしてその状態でITEM《アイテム》を使おうとしても、眼に含まれた粒子が、内蔵粒子の代わりにITEM《アイテム》を起動することはなかった。

つまり、凛の眼球に含まれているエーテル粒子は不動なのだ。

眼に含まれた粒子は、内蔵粒子とは完全に別物で、外部に放出できない。だからこのような眼を持っていても、ＩＴＥＭ《アイテム》の出力が上がるわけではない。

ＥＭＩＴＳ《エミッツ》とエーテル粒子が発見されたのは、五十年前のこと。

まだ研究も完璧とは程遠いため、仕方ないが……どうやら現在の適性検査では、内蔵粒子の最大値までは明らかにできても、肉体に浸透して固着した粒子までは調べられないらしい。

だから、特殊な眼や耳を持っていても、適性が低い場合がある。

恐らく美空翔子もその一人なのだろうと凛は予想した。

「だから、もしあの子が戦うとしたら……多分、アミラみたいになると思う」

「わたくしみたいと言いますと、アーツですの？」

凛は「ええ」と頷いた。

アミラは特務自衛官の中でも、アーツの扱いに長《た》けている。

少なくともこの国では、アミラが一番アーツを上手に使いこなせた。

それ故に銀閃《ぎんせん》の異名が与えられている。

「でも、あの子は戦いを選ばない気もするわ。……思うところがあって自衛科に推薦したけれど、恨まれていそうね」

そんな凜の呟《つぶや》きに、アミラは「ふぅん」と相槌《あいづち》を打った。

「もし、その子がアーツを習得できるとしたら、戦わないのは勿体《もったい》ないですわね」

アミラは言う。

「アーツは、ただ上手に飛ぶためだけの技術ではありませんわ。……使いこなせば、この上なく美しい武器になる」

語りながら、アミラはふとテーブルの上に置かれた缶コーヒーを見つけた。

椅子は空いている。誰かが捨て忘れたものだろう。手に持って軽く振ったが、中身はないようだった。

アミラは缶を、すぐ傍にあった屑籠《くずかご》へ投げ入れる。

刹那《せつな》、アミラはその身体を素早く翻《ひるがえ》した。

銀色の光が閃《ひらめ》く。

缶は、屑籠に入る直前――――真っ二つに切断された。

「アーツが使える者は、この空の覇者になれますわ」

二つに分かれたスチール缶が、カランと屑籠の中で音を立てた。

# あとがき

著者の坂石遊作《さかいしゆうさく》です。
この度《たび》、初めてファミ通文庫様から本を出させていただくことになりました。大変光栄です。ありがとうございます。

本作は、現代の流行を思いっきり無視したコッテコテの現代ファンタジー……と思いきや、随所《ずいしょ》に「なろう系」っぽさを彷彿《ほうふつ》とさせるような爽快感もある……そんな雰囲気の作品になったらいいなと思いながら執筆しました。
個人的に気に入っているのは主人公である美空《みそら》翔子《しょうご》の、一癖も二癖もある性格です。戦いを望んでいないというか、そもそもやる気がないというか……正直、賛否両論ある性格な気もしますが、こんな主人公がいてもいいだろうと僕は思いました。

なんとなく察してくれた方はいるかもしれませんが、どちらかというと、翔子は主人公というよりラスボスのような性格をしています。少なくとも現時点の翔子は、一般的な主人公みたいに、正義とか悪とかそういう価値観では動きません。「自分にとって快適かどうか」で大抵の行動を選択して生きています。

だから僕は内心、ヒヤヒヤしながらこの本を書いていました。「翔子……お前、そのままだと友達いなくなるぞ……」って何度思ったことか……。

それでも翔子のことがかっこよく見えてしまうのは、やっぱりずば抜けた才能があるからなんだと思います。本作では、そんな才能という概念の、魅力や残酷さについても触れられたらいいなと思います。

まあ、実際に書いている時はそんな小難しいこと考えてないんですけどね！

皆さんも、気楽に、自由に、読んでいただければ幸いです！

さて、本作の執筆を進めるにあたり、ご関係者の皆様には大変お世話になりました。担当編集様、原稿に関して丁寧なご指摘をしていただきありがとうございます。中村《なかむら》エイト先生、各ヒロインを個性的かつ魅力的に表現していただきありがとうございます。個人的に綾女のミステリアスだけど可憐な雰囲気が大好きです。

最後に、この本を取っていただいた読者の皆様へ、最大級の感謝を。

# 浮遊島《ふゆうじま》の眠《ねむ》れるエース、士官学校生活《しかんがつこうせいかつ》を満喫《まんきつ》する

2023年2月28日　初版発行

著　者　坂石遊作《さかいしゆうさく》
イラスト　中村エイト
発行者　山下直久
発　行　株式会社KADOKAWA
〒102-8177 東京都千代田区富士見2-13-3
電話 0570-002-301(ナビダイヤル)

編集企画　ファミ通文庫編集部
デザイン　モンマ蚕(ムシカゴグラフィクス)
写植・製版　株式会社オノ・エーワン
印　刷　凸版印刷株式会社
製　本　凸版印刷株式会社

●お問い合わせ
https://www.kadokawa.co.jp/(「お問い合わせ」へお進みください)
※内容によっては、お答えできない場合があります。
※サポートは日本国内のみとさせていただきます。
※Japanese text only

 ISBN978-4-04-737377-8 C0093　定価はカバーに表示してあります。